お月さまの言うとおり

御堂なな子

幻冬舎ルチル文庫

CONTENTS ✦目次✦

お月さまの言うとおり

お月さまの言うとおり……5
月下の未来……169
あとがき……218

✦カバーデザイン＝吉野知栄（CoCo.Design）
✦ブックデザイン＝まるか工房

イラスト・街子マドカ✦

お月さまの言うとおり

一

ミーンミンミンミン。ミーンミンミンミン。

電車を降りた途端、蟬時雨《せみしぐれ》の騒音に耳をやられた。自然の多い東京の外れの街の、じりじりした真夏の暑さが、半袖《はんそで》のシャツ越しに纏《まと》いつく。

「……うるさい……。ほんっと、いつ帰ってきても田舎《いなか》だなあ、ここは」

乗降客のまばらな駅の改札を出て、宇佐木真理《うさぎまこと》は恨めしそうに辺りを見渡した。ロータリーを取り囲むように植えられた樹木の幹には、蟬がたくさんとまっている。夏の虫の短い命に同情はしても、それとこの不快感とは話が別だ。

真理が暮らしている都心の街と、この街とでは、同じ『東京』で括《くく》りたくないほど生活環境が違う。都心の快適さにすっかり慣れた真理のもとに、今年の夏は帰省するよう実家から命令があったのは、半年も前のことだ。放蕩《ほうとう》息子に逃げられてはたまらない、と、その後は三日に一回のペースで両親から電話があって、いいかげん真理はうんざりさせられていた。

大学入学を機に地元を出たのは、真理が生まれて二十年間、夏がくるたびに騒音を撒《ま》き散らす蟬のせいという訳じゃない。隣近所はおろか、街じゅう知り合いだらけの田舎特有の人間関係と、伝統や古いしきたりを重んじる実家の空気から、少しの間だけ自由になりたいと思ったからだった。

「あらあ、宇佐木さんちの真理ちゃんじゃない。すっかり大学生らしくなって」

駅前のロータリーから続く、昔ながらの商店街を歩いていると、お肉屋さんの店先で早逗声をかけられる。母親がよく、おやつ代わりのコロッケを買っている店だ。真理はぺこりと会釈《えしゃく》して、よそいきの顔を作った。

「こんにちは。ご無沙汰《ぶさた》しています」

「たまには帰ってこなくちゃ駄目よ？　お父さんとお母さんが、いつも真理ちゃんの話をしているわ」

「すみません。いつも両親がお世話になっています」

「これ、揚げたてのコロッケ、持って帰って。お家《うち》のみんなでどうぞ」

「ありがとう、おばさん。失礼します」

ほかほかの湯気が出ているコロッケをもらって、もう一度ぺこりと頭を下げる。商店街を抜けるまで、こんな風に何度も声をかけられては、何かしら土産《みやげ》を渡されて、実家に辿《たど》り着く頃《ころ》には真理の両手は荷物でいっぱいになっていた。

「お、重い…っ。おばさんたち、相変わらず容赦ないんだから——」

真理は地元では昔からアイドル的存在で、うんと年上の人たちには、男女問わずよくモテた。二十歳の大人の男にはとうてい見えない小柄な体格と、くりっとした茶色の目に、同じ色のさらさらの髪。にこにこ外面が良好なことも相まって、『理想的な息子、理想的な孫』としてかわいがられている。

そんな環境のもと、小学生くらいまではすくすく素直な性格に育ったものの、中学校に入ってから次第に自我に目覚め、真理も普通の男子並みの反抗期を経験した。それでも、結局高校も地元の学校を選んだくらいだから、独立心旺盛《おうせい》な反抗期とは言えなかった。

「はあ。いちだんと蟬がうるさいよ」

溜息《ためいき》をつきながら、真理は汗が伝った頰《ほお》を拭《ぬぐ》った。商店街を抜けた先にある、緩やかな上り坂のその先に、杉の木の鬱蒼《うっそう》とした鎮守の森が広がっている。朱塗りの鳥居と、苔《こけ》むした石階段の参道。真理の実家、宇佐木家が代々神職を務める、『兎月神社《とげつ》』の表玄関だ。

「やっと地元を出られたと思ったのに。強制送還をくらうなんて、今年はついてない」

一人暮らしをはじめて二年目、大学を卒業するまでは自由を満喫するつもりだったのに、真理にはどうしようもない宇佐木家のルールによって、今年の夏は地元で過ごすことになってしまった。

暦の上で閏年《うるう》の八月の庚申《かのえさる》の日、それに満月の月齢が重なる特別な日に、兎月神社では大切な神事が執り行われる。宇佐木家の年若い男子として、真理は強制的に、神事の主役を務めることになったのだ。

「御兎《おうさぎ》様、ただいま戻りました」

子供の頃からの習い性の拝礼をして、真理はそっと鳥居の端をくぐった。兎月神社は全国でも珍しく、兎を神様として祀《まつ》っている。家紋にあたる神社の神紋も兎の形をしていて、かわいいパワースポットとして評判だ。

鳥居の内側の神域に入った途端、汗がすっと引くような、爽《さわ》やかな風が真理の頬を撫《な》でた。神様がおわす場所の、厳粛で清澄な空気。否《いや》が応でも、真理の背筋がぴんと伸びる。

「初《ハツ》、末《マツ》、久しぶり。そこにいるんだろ？　出てこいよ」

参道の石段の左右に鎮座している、一対の石像に向かって、真理は声をかけた。兎月神社の守護を司《つかさど》る、狛犬《こまいぬ》ならぬ狛兎たち。兎の石像の長い耳が、ぶるん、と震えたかと思うと、真理の目の前に甚平姿の双子が現れる。

「真理、おかえり！　息災だったか」

「やっと帰ってきおったな、この放蕩息子」

小さな子供――にしか見えない二人の頭の上には、白い兎の耳が生えている。甚平のお尻《しり》にぴょこんとはみ出た尻尾《しっぽ》といい、赤色の瞳《ひとみ》といい、人外の存在であることは一目で分かる。ただし、二人の姿を見たり、話したりできるのは、今は真理だけだ。

「やっとって、たった一年半だよ。お前たちにはそれくらい、瞬《まばた》き程度の時間だろ？」

「いかにも。我らはここで八百年ほど生きておるからの。それに比べて、人の身に流れる時間は矢のように速い」

「真理、お前の産声《うぶごえ》も、我らは昨日のことのように思い出せるぞ」

「お前たちにその話をさせると長いから、もういいよ。ちょっと背中押して。荷物がいっぱいで石段を上がるのきついんだ」

「なんとっ！　御兎様の守護者たる我らを顎《あご》で使うとはっ」

「畏《おそ》れ多いっ。御兎様のばちがあたるぞ」

「遊んでる者は兎でも使えって言うだろ？」

「そんな諺《ことわざ》、聞いたこともないわ。まったく。お前もいつかは宮司になる身の上だというのに、もっと我らを敬え」

「そうだそうだ、敬え」

「はいはい。あ、そうだ。お前たちにお土産があるんだ。大好物の兎クッキーを買ってきたよ」

「それを早く言えっ」

ぶつくさ悪態をついていたハツとマツは、競うように真理の背中を押して、石段を上り始めた。ペットの兎のおやつに釣られるなんて、いくら推定八百歳といっても、見た目通り子供っぽい。気心が知れたハツとマツは、昔から真理にとって友達のような存在だった。

狛兎の二人が、子供の姿をして境内を自由に動き回っていることを、兎月神社を訪れる参拝者たちは知らない。御兎様を祀った当初から神職を務める宇佐木家の人間でも、普通はハツとマツを見たり話したりすることはできない。宮司の直系の男子という、真理のような宇佐木家の巫覡《ふげき》の資格を持つ人間だけの、不思議な力の賜物《たまもの》なのだ。

真理は別に、霊感が強いという訳じゃない。どちらかというと鈍い方だし、幽霊や怖い妖《よう》怪《かい》の類《たぐい》は、できれば一生お目にかかりたくない。父親が宮司をしているというだけで、真理は宇佐木家の巫覡として特別扱いされ、神事のためにせっかくの夏休みを潰《つぶ》される。将来宮司を継ぐことに文句はないけれど、大学生の間くらい自由でいたいと思うのは、面倒な家系に生まれた真理の至極当然の願いだった。

「ほれ、二の鳥居に着いたぞ真理」

「ありがと。ハツ、マツ。あー、楽ちんだった」

「我らをこき使うな。中身は童《わらべ》の頃と変わらぬくせに、体だけは大きくなりおって。早《はよ》うクッキーを寄越《よこ》せ」

ぺしぺし、お尻を叩《たた》かれながら、真理は石段を上り終えた。二番目の鳥居をくぐって広い境内に入ると、お札やお守りを頒布している社務所の裏手の方から、子供たちの賑《にぎ》やかな声がする。

「うさちゃん、かわいいー！」

「私も抱っこさせてー！」

きゃあきゃあ楽しそうな声につられて、こっそり覗《のぞ》いてみると、お揃《そろ》いのスモックを着た近所の幼稚園の子たちだった。敷地の一部に小屋を建てて、兎月神社では兎をたくさん飼っている。大人の腰くらいの高さで囲ったフェンスの中で、子供たちが元気に飛び跳ねる兎たちと遊んでいた。

「うちの兎の数、また増えてない？」

「ついこの間、子兎が生まれての。皆いとおしい御兎様のしもべだ」

「だいぶ里子にもらわれていったが、境内にペットの兎を捨ててゆく不心得者がおるのだ。幸い、ここで引き取ればああして童たちが寄ってきて喜ぶのでな、お前の家族がよく世話をしておるぞ」

「それでどんどん増える一方、ってこと？　まあ、兎の神様を祀っている神社で、兎を見捨てる訳にはいかないもんな」

「そうとも。ここは兎の楽園だ。皆のびのびと健やかに暮らしておる」

ハッとマツは、風のようにひらりと身を翻《ひるがえ》して、真理の両肩に飛び乗った。昔は二人と同じくらいの体格だった真理も、大学生の今は、軽々と肩車ができるほど成長している。もっとも、人外の二人には体重という概念はないけれど。

「——俺も大学が忙しくなきゃ、一羽くらい面倒をみてやってもいいんだけど」

「そそっかしいお前に、御兎様のしもべを育てられるとは思えんがの」

「子供の頃から、うちは兎でいっぱいだったから、飼い方は慣れてるよ」

真理は社務所に荷物を置くと、フェンスを跨《また》いで、近くにいた兎を抱き上げた。白い体毛に長めの耳、そして赤い目をした、ポピュラーなカイウサギ。神話『因幡《いなば》の白兎』に登場する、ニホンノウサギとは違う種類だ。

「もふもふしててかわいいなあ、お前。俺のアパートに来るか？」

よく見ると、その兎はふわふわの毛に覆われた首に、注連縄《しめなわ》で作った細い首輪をしていた。同じ首輪をした兎は他にも四羽いて、ぴょんぴょんっ、とみんな真理の足元へ寄ってくる。抱っこをしてほしそうに、まんまるの目で見上げられると、兎好きの真理はそれだけで骨抜きになった。

「俺モテモテだあ。ケンカになるから、抱っこは順番な」

「おお、皆お前が誰《だれ》だか分かるようだな。さすがは宇佐木家の巫覡、神事の兎たちにも好かれておる」

兎の首輪を、そっと手で撫でて、ハツは笑った。マツは真理の肩から頭の上へと飛び移って、頬杖《ほおづえ》をついて寛《くつろ》いでいる。真理は抱いた兎に頬を寄せて、柔らかい毛を堪能しながら呟《つぶや》いた。

「今度の神事に選ばれた『五兎《ごと》』か。お前たちの遠い先祖は、月に昇った御兎様だ。すごく偉い兎の神様なんだぞ」

「――兎相手に独り言か？　寂しい奴《やつ》だな、真理」

聞き覚えのある声に、はっとして、真理は顔を上げた。ざりっ、と玉砂利《たまじゃり》を踏む足音とともに、境内の方から吹いてきた風が、柔らかな真理の髪を乱す。ハッとマツが長い耳をぴんと立てて、突然真理の前に現れた男を見上げた。

「清士《せいじ》……」

彼の名前は、香々見《かがみ》清士。よっ、と軽く右手を振る飄々《ひょうひょう》とした態度と、イケメンと表現するしかない華やかで整った顔立ち。そして百八十センチ超の羨《うらや》まし過ぎる長身は、高校の卒業式で見た時と少しも変わらない。

腐れ縁のこの幼馴染《おさななじみ》とは、できるだけ顔を合わせたくなかったのに。一年くらい前に外国へ留学したと聞いていたけれど、帰省した初日に出くわすなんて不運だ。

「久しぶり。相変わらず真理は、兎にだけは人気者だな」

「うるさいな。兎に『だけ』は余計だ」

「お？　いいのかな、お前が小中高で何人女の子にフラれたか、ここでバラしてやろうか？」

「清士。言っておくけど、俺はフラれたことは一回もない」

「そりゃあ、お前は女の子に一回も告ったことないからな」

痛い思い出を、容赦なく突いてくる清士の意地悪なところが、真理は嫌いだ。どうして真理が一人も女の子に告白できなかったのか、清士は少しも分かっていない。

「そういう低レベルないじめは、もう卒業してると思ったけど？　けっこう清士もガキなん

だな」

「ふうん。真理のくせに、多少はうまい切り返しをするようになったじゃないか」

「真理のくせにって、どういう意味だよ。今日は何の用だ。留学してるんじゃなかったのか」

「この時期は向こうの大学も休みなんだよ」

「外国で楽しくやってればいいのに。俺に会いたくて、わざわざ留学先から帰って待ち構えてたのかよ」

「よく分かったな、お前に会いたかったんだ。ただいま。そしておかえり、真理」

「え——？」

どきっ、と心臓が鳴らした大きな音に、真理は気付かないふりをした。自分に会いたくて帰国したなんて、冗談で言ったことをさらっと肯定しないでほしい。

「ほら、幼稚園に入る前からずっと一緒の幼馴染に、ただいまとおかえりは？」

「……ただいま……おかえり……」

「嫌そうな声出すな、バカ」

腐れ縁の気安さで、清士はほんの軽く、真理の足を蹴《け》った。反射的に睨《にら》んだ真理とは正反対に、清士は何故《なぜ》だか上機嫌な笑顔を浮かべている。

「やめろよ。神域の境内で俺に暴力を振るうと、御兎様に祟《たた》られるぞ」

「さっきちゃんと参拝したから大丈夫だよ。大して痛くなかっただろ」

「ふんっ。相変わらず、口の減らない奴」

真理は昔から、清士と一緒にいると落ち着かない。心臓の音は鳴り止《や》まないし、足元がふわふわして、うまく立っていられなくなる。それはいじめっ子といじめられっ子という、あまり思い出したくない過去の記憶のせいだ。

「真理んちのおばさんに、今日お前が帰ってくるって教えてもらったんだ。連絡くれれば、駅まで車で迎えに行ってやったのに」

「べっ、別にいいよ、迎えなんか。車って……清士、いつ免許取ったの？」

「留学する前。大学に入ってからすぐに取ったんだ。今乗ってるＳＵＶは、うちの兄貴のおさがり」

得意げにそう言うと、清士はジーンズの尻ポケットから、ほら、と車のキーを出した。

「いいなあ、くそっ、先越された。どうせこっちに帰ってきても、車を武器にナンパとかしまくってんだろ」

「しないって。たまに甥《おい》っ子たちを乗せて、遊びに連れてってやるくらいだ」

「嘘《うそ》つけ。幼稚園からはじまって、小中高とずーっと女の子に囲まれてたくせに」

年配の人たちに息子扱いや孫扱いされている真理と違って、清士は同年代の女の子によくモテる。学校でラブレターを数え切れないくらいもらっていたし、バレンタインデーのチョコの数も毎年すごかった。

「焼きもちやくなよ。女の子といるより、俺は真理といる方が楽しかった」

「そりゃそうだろうよ。清士は俺のことをいじめてばっかりだったもんな。あの頃の恨みはまだ忘れてないぞ」

「根に持ってるのか？　暗い男は女の子に嫌われるぞ」

「お前みたいに彼女をとっかえひっかえする男よりマシだよっ」

清士はモテるのに、付き合った女の子と長く続いたためしがない。別れても次々新しい彼女ができるから、真理を含めて、周りの友達はいつしか誰も同情しなくなった。

すらっとした清士の足は真理よりも長く、ウェストの位置もずっと高い。ネックレスを二つ三つ重ねづけした少しチャラい格好が、芸能人でもいけそうな彼の華やかな顔に似合っている。清士のルックスだけを見れば、実家が寺院をやっているお堅い奴だとはとうてい思えないだろう。

「久しぶりに会ったのに、何スネてんだ。運転手をしてやるから、どこか行きたいところがあれば言えよ。夏休みの間は、ずっとこっちにいるんだろ？」

「神事を済ませたらすぐに帰る。こんな何もない田舎、いてもつまんないし」

「付き合い悪いぞ。そうだ、今度の神事のことなんだけど、俺――」

「あのさ、まだ親に顔見せてないんだ。シャワー浴びて着替えたいし、俺もう行くわ」

「真理、待てよ。お前に話がある」

「今度でいいだろ。俺は忙しいんだ、じゃあな」

そっけなく清士に背中を向けて、真理はその場を離れた。兎のフェンスの前で一人残った彼のことを、真理の肩の上で、ハッとマッがちらちら見ている。

「真理、よいのか？　せっかく顔を合わせたというのに、お前の幼馴染が寂しそうにしておるぞ」

「いいんだ。あいつといるとケンカ腰になるし、別に会いたいとも思ってなかったから」

「——天《あま》の邪《じゃ》鬼《く》な奴め。さっきからお前の心の臓が、とくんとくんと煩《うるさ》くて敵《かな》わんわ」

「鐘のように打ち鳴らしておる音が、我らの耳にも聞こえておるぞ。清士に会えて嬉《うれ》しいと正直に言え」

「あり得ない。全っ然嬉しくないっ」

思い切り否定してやると、ハッとマッは盛大な溜息をついた。

「……真理よ、御兎様の眷属《けんぞく》の我らに嘘はつけぬぞ。お前の胸の内は、今も昔も奴のことでいっぱいだ」

「ケンカ腰になるほど、清士が気になっておるのではないか。お前は童の頃から少しも変わらん」

「黙ってろよ。それ以上言うとタマネギを無理矢理口に突っ込むぞ」

ヒエッ、とハッとマッは青褪《あおざ》めて、口を小さな手で押さえた。兎はネギ類を与えると、最悪の場合死んでしまうのだ。

「あいつは単なるいじめっ子だ。俺が数え切れないくらい泣かされてきたの、お前たちだって知ってるだろ」

こくこく、二人が頷《うなず》くのを見ていると、清士にまつわる嫌な思い出が蘇《よみがえ》ってくる。真理の下の名前をわざと『マリちゃん』と呼んだり、徒競走が苦手なことを『兎のくせに足が遅い』とバカにしたり、子供っぽい嫌がらせをしょっちゅう思い付いては、真理を泣かせていた。

そんな清士が、真理をいじめなくなったのはいつだったろう。ある時ふと、彼は憑《つ》き物《もの》が落ちたように何も言わなくなった。急によそよそしい態度を取り始めたと思ったら、知らないうちに清士には、かわいい彼女ができていた。

「あいつ、女の子と付き合いだした途端、俺にはちょっかいかけなくなったんだ。分かりやすいったらないよ」

「――本当に分かっておるのかのう。奴には奴の考えがあったのではないか？」

「知らない。もう昔のことだ。今は住んでるところも離れてるし、あいつがいなくて超快適だよ」

「真理。お前と清士の家は、古い古い縁《えにし》で結ばれておるのだ。両家の力を合わせて神事を執り行う、唯一無二の存在であることを忘れてはいかん」

「……それが一番、俺たちの間をややこしくしてるんだよ」

宇佐木家の兎月神社と、清士の香々見家が住職を務める香明寺《こうめいじ》は、切っても切れない密接な関係がある。香明寺は仏教の守護神、帝釈天《たいしゃくてん》が安置されている歴史の深い名刹《めいさつ》だ。その帝釈天とは、兎月神社の御兎様を月に昇らせてくださった、ありがたい御方なのである。

誰でも一度は、『月の兎』の民話を聞いたことがあるだろう。

——昔々、山里で猿と狐《きつね》と兎が仲良く暮らしていた。ある日、三匹のもとに一人の老人が現れた。お腹《なか》をすかせ、貧しい身なりをした老人に、猿は山の木の実を捧げ、狐は川の魚を捧げた。何も捧げる物がなかった兎は、自分を食べてほしいと、燃え盛る火にその身を投じた。兎を哀れに思った老人は、帝釈天であった正体を明かし、兎に永遠の命を与えて月へと昇らせた——。

閏年の八月の庚申の日、満月の月齢が重なる特別な日に、香明寺と兎月神社は共同で、『月の兎』の民話の元になった神事を執り行う。名もない一羽の兎だった御兎様が、帝釈天のはからいによって神様となる一部始終を、雅楽と舞で奉納するのだ。

「神事のことがなければ、俺は清士と無関係でいられるんだ。あいつ、自分の家が帝釈天と所縁《ゆかり》があるからって、兎の俺のことを子分か何かだと思ってるんだよ。だから子供の頃、ずっといじめてたんだ」

「お前の幼馴染は、そんな狭量な男かのう」

「童どうしの戯れではないか。奴はガキ大将だったが、お前をけして殴《なぐ》ったりはせん、優しいところもあったはずだ」

「それは……、まあ、そうだけど。暴力をふるわないのは最低限のルールだろ。だいたいあいつは、やることが中途半端なんだよ」

いじめたと思ったら遊びに誘ってきたり、こっちが無視をしたら口を利くまでちょっかいをかけたり、子供の頃の清士はさんざん真理を振り回した。嫌な思いをして、泣かされて、清士のことが大嫌いになってもいいはずなのに、それでも高校を卒業するまで彼のそばにいた。——幼馴染だから、という理由だけでは、清士と離れられなかった真理の気持ちは説明がつかない。

「あいつにとっては、俺は子分の兎で、ただの幼馴染でも、俺は違う。……清士のことを、俺は……」

清士に急にいじめられなくなった時、寂しい、と思ってしまったショックを、真理は今も忘れられない。清士に彼女ができたことを知って、そのショックは二倍になった。彼が次々に新しい彼女と付き合いだすたび、蓄積されていったショックは、真理の中で一つの確信に変わった。

清士と付き合える女の子が羨ましい。放課後毎日一緒に帰ったり、清士と手を繋《つな》いだり、自分もしたい。自分も女の子だったら、そんなチャンスがあったのかもしれないと、不毛なことを考えたこともあった。

清士にかまってほしい。他の友達と同列にされるよりも、いじめられている方がいい。その方が、清士にとって自分は特別な存在なんだと思っていられる。清士の彼女にはなれなくても、真理は誰よりも清士に近いところにいたかった。

「顔を見ちゃうと、やっぱり、駄目だ。ハツとマツの言う通りだよ。やっとあいつと離れられたと思ったのに、俺は何も変わってない」

「真理」

「自分に腹立つ。なんであんな奴のことが、好きなんだろう」

あり得ない、やめてくれ、冗談じゃない。何度自分の気持ちを否定したか知れない。でも、これが真理の正直な気持ちなのだ。

清士が好き。腐れ縁の幼馴染に、叶《かな》わない恋をしている。

「清士には絶対に言えない。あいつのことを、どうしても嫌いになれないんだ。普通に女の子を好きになった方がいいって、分かってても、無理なんだ」

清士に本心を気付かれないように、女の子を好きになったふりをするのがつらかった。自分の気持ちを隠していたから、清士の前ではいつも張り詰めて、ケンカ腰でしか話せなくなっていった。

本当はもっと普通に話したい。清士と会えて嬉しかったって、留学先から帰ってきてくれて嬉しかったって、素直に言いたい。

清士といると心臓がどきどきして、自分が自分でいられなくなる。意地ばかり張っているうちに、清士を邪険にするようになってしまったことを、後悔しているのに——。どうすれば素直になれるのか、相談できる相手も真理にはいなかった。

「嘆くな、真理。ここにお前の味方がおるではないか。人には言えぬことも、我らには気安く打ち明けてかまわぬよ」

「ハツ……。俺のこと、軽蔑《けいべつ》したりしないのか？」

「安心せい。お前の想いなど、我らはとっくに見抜いておるわ」

「宇佐木家がこの地に社《やしろ》を築いて八百年。神職の家系も長い時が流れれば、一人くらいは困難な恋をする者もおろう。それがたまたま、お前だっただけのことだ」

「マツ……、ありがと。少し元気出た。お前ら、優しいな」

「それにしても、あれだけ泣かされても清士を好いておるとは、難儀な奴よのう」

「真理は西洋の言葉で『まぞ』なる体質なのだ。よほど清士のいじめが心地よかったと見える」

ぷぷぷ、とハツとマツが堪《こら》え切れない笑いを漏《も》らしている。狛兎たちの瞳は下を向いた三日月のようになっていて、完全にバカにした笑い方だ。

「人が真面目に悩んでるのに、お前ら…っ、揃ってジビエになって食われてろ。——ああもうっ。だから帰ってきたくなかったんだ。今年の暦は最悪だよっ」

「これっ、真理っ！　宇佐木家の巫覡が何を言う！」

「神事は十年に一度もない大祭《たいさい》なのだぞっ。御兎様の昇天の日を軽んじるなっ」

「やかましい。お前らなんか嫌いだ。清二はもっと嫌いだ。神事が終わったら二度とここには帰らないからなっ」

頭から角を出しそうなハツとマツを振り切って、真理は玉砂利の小径《こみち》を駆け出した。神域に生える木々の葉が、ざわざわと風に騒いで、ばちあたりなことを言った真理を叱《しか》っている。

（ごめんなさい。御兎様。でも、俺には俺の都合があるんです）

どんなにやけくそになったところで、宇佐木家の人間である以上、神事の務めは果たさなくてはならない。清士と顔を合わせたくないと思っても、家どうしが密接に繋がっている限り、真理に逃げ場はどこにもないのだ。

（あんな奴、好きになったって、苦しい思いをするだけなのに――）

古来、兎はツキを呼び飛び跳ねる縁起のいい動物として、人間に親しまれてきた。縁結び、子宝、安産、家運隆盛――兎月神社の御利益《ごりやく》はたくさんあるけれど、真理に恩恵は与えられない。

切ない恋を抱えた真理へと、鎮守の森の蟬時雨がスコールのように降り注ぐ。一年半ぶりに幼馴染と再会した今年の夏は、とても気重な夏になりそうだ、と、真理は半分諦《あきら》めるしかなかった。

二

「――御兎様、御身のしもべに、五羽の白兎を参らせます。浄めの清水を頂戴《ちょうだい》いたしたく、かしこみ、かしこみ、申します――」

宮司を務める真理の父が、榊《さかき》の枝に白い紙垂《しで》をつけた大幣を振る。しゃらり、しゃらり、と紙垂が揺れるたび、邪気は祓《はら》われ、滝の水はいっそう清く浄化されていく。

十日間も続く神事の初め、兎月神社の鎮守の森から繋がる山で、『五兎の浄めの儀』が行われた。注連縄の首輪をつけた兎の体を、山の中腹にある滝の水で浄める儀式だ。五羽の兎は、人間の体で言えば頭、両手、両足の五体を示す。兎たちは神事を経て御兎様の化身となり、兎月神社を頂点とした分社へ送られ、それぞれの地で大切に育てられることになっている。

狩衣《かりぎぬ》姿の禰宜《ねぎ》が、滝壺《たきつぼ》の水面に柄杓《ひしゃく》をくぐらせ、汲《く》み上げた水を宮司へと差し出した。宮司は青々とした榊の葉を水に浸し、濡《ぬ》らしたそれで、兎たちに優しく触れていく。澄んだ水の粒を、ほんの少しずつ浴びて、兎たちはぶるっと体を震わせる。宮司と禰宜が祝詞《のりと》を上げて、『五兎の浄めの儀』は終了だ。

「これより十日、望月の大祭まで、五兎は本殿にて護《まも》られる。御兎様のしもべを穢《けが》れから遠去け、禊《みそぎ》を欠かさぬように」

宮司の言葉に、禰宜も、氏子《うじこ》の代表たちも、神妙な顔で頷いた。兎の浄《きよ》めが終わったら、古式ゆかしい神事は、人間の浄めへと移っていく。

「真理、姿勢を正せ。今度はお前の番だ」

「――はい」

「神域に身を委《ゆだ》ね、心静かに。御兎様の巫覡の務めを、滞りなく果たすよう」

しゃらり、しゃらり、真理の耳に、また紙垂が奏でる音が聞こえる。十日間も続く神事の始まりは、厳かな空気の中で粛々と進んでいった。

翌朝、真夏にしては珍しく、兎月神社は濃い霧に包まれていた。霞《かす》んだ視界に齷齪《あくせく》しながら、着物のような白い行衣を着た真理は、昨日と同じ滝に向かって山を登っている。

岩肌が剝《む》き出しの急斜面は、歩き慣れた人間でなければ滑って転んでしまいそうなほど悪路だ。逆に言えば、簡単には踏破できない場所だからこそ、人はそこに神様がおわすことを信じたり、敬虔《けいけん》な気持ちになれたりするのだろう。

「はぁ…っ、は……っ、――御兎様、朝っぱらから山登りなんか、拷問《ごうもん》だよ――」

一人なのをいいことに、御兎様に文句を言いながら、真理はやっと目的地に着いた。岩と木々の緑に隠れるようにして、高さ五メートルほどの滝が、絶え間ない水音を立てている。

宇佐木家の巫覡として、兎の大役を務める真理は、神事が終わるまで毎日禊をすることが義務付けられていた。あらゆる穢れを忌避することが必要で、夏でも冷たい滝に打たれて、肉や魚を一切口にしないように、食事にも気を付けなければいけない。

神事の間は、とにかく禁止事項が多くて気疲れする。煩悩だらけの人間は、欲望を断って禊をしないと、神様に近付くことはできないのだ。

「すごい、水が澄んで綺麗《きれい》だ。ううっ、朝はいっそう冷たいなあ……っ」

指先で少し触れただけでも、体が竦《すく》むくらいの水温に、真理は慄《おのの》いた。滝行で禊をするのは、真理は二度目だ。もう十年以上も前のこと、前回の神事の時にも、小学生だった真理は兎の役を務めた。

『月の兎』の民話に則《のっと》って、神事には帝釈天、猿、狐、兎の四役が登場する。月に昇って御兎様になる、その兎の役ができるのは、宇佐木家の年若い未婚の男子、それも清童に限られる。――つまり、童貞でなければならないのだ。

「いくら宇佐木家の人間にしか兎はできないからって、恥ずかしいよ。これじゃあ俺が、『二十歳にもなって童貞だ』って公表してるみたいじゃないか」

兎月神社は全国に四つの分社を持っていて、それぞれ宇佐木家の出身者が宮司を務めている。真理の親戚《しんせき》に、数ヶ月前に生まれたばかりの従兄弟《いとこ》がいる他は、全員既婚者だ。まさか赤ちゃんの従兄弟に、つらい滝行や神事をさせる訳にはいかない。

「しょうがないな。この神事を二回もやる奴って、俺くらいじゃないの？」

幸か不幸か、同性の幼馴染に恋をした真理は、二十歳の今まで童貞で過ごしてきた。女の子と手を繋いだこともなければ、キスをしたこともない、Hなんてとんでもない。誰にも触れていない、誰からも触れられていない、それはそれは清い真理の体は、哀しくも神事の兎に適役なのである。

「……俺の父さんも、母さんと結婚する前は、俺と同じ宇佐木家の巫覡って呼ばれてたらしいし。もう、理屈じゃないんだ。父さんの前はお祖父《じい》ちゃん、その前は曽祖父《ひいじい》ちゃん、宇佐木家の先祖が八百年ずっと続けてきたことなんだ」

真理は無意識に両手を合わせ、滝に拝礼していた。童貞が恥ずかしくても、自分の勝手で神事を取り止めたりはできない。長く続いてきたものには、たくさんの価値や、それに携わってきた人々の思いがあるのだから。

「御兎様、文句ばっかり言ってすみませんでしたっ。本日の禊を始めます」

そう決意表明をしてから、真理は気合を入れた。履き物を脱いで裸足《はだし》になると、凍りそうに冷たい滝壺へざぶざぶと入っていく。

いざ、滝の下へ立とうとしたその時、濃い霧の向こうから人の話し声が聞こえてきた。一人じゃない。ぱたぱたと、元気よく走る足音もする。

「パパ見て、滝だよ、滝！」

「こら、走っちゃ駄目だ。岩がつるつる滑って危ないぞ」

「僕らと同じ、白い服着た人がいるっ。――あーっ！　うさぎの真理ちゃんだ！」

「真理ちゃーん！」

霧を吹き飛ばすような勢いで、子供が二人、滝壺に向かって駆けてきた。厳粛な禊の空気が、一気にピクニックか遠足の空気へと変わっていく。

「香明寺さんのチビたちじゃないか。どうしたの、二人とも行衣を着て」

「みそぎのたきぎょうをしに来たんだよ。俺、おさるさんの役をするの」

「僕はきつね！　真理ちゃんはうさちゃんだよねー」

「ねーっ」

滝壺から上がった真理に、子供たちがはしゃぎながら抱き付いてきた。かわいい二人のパパが、山岳修行の鈴懸《すずかけ》の出《い》で立《た》ちで、錫杖《しゃくじょう》をしゃんしゃんと鳴らしている。

「佑季《ゆうき》、佑弥《ゆうや》、禊の邪魔をしちゃいけない。巫覡さんは特別な人なんだから、離れて」

「やだー」

「僕らも真理ちゃんと一緒にみそぎするー」

「困ったな。ごめん、真理。一人で精神統一してたんだろう？」

「佑心《ゆうしん》にいちゃん――」

「はは、これでも今は香明寺の住職だぞ。『にいちゃん』はやめろって」

「ううん、俺にはいつだって、佑心にいちゃんは幼馴染の佑心にいちゃんだよ」

思わぬ再会に、真理は頬を綻《ほころ》ばせた。十歳年上の佑心は、清士の兄で、真理もよく遊んでもらった間柄だ。彼は清士と真反対の穏やかな性格をしていて、三十歳になった今は、帝釈天を安置している香明寺の住職を立派に務めている。優しくて頭のいい佑心のことを、一人っ子の真理は兄弟のように慕っていた。

「昨日こっちに帰ってたんだって？　おかえり。元気そうだな」

「うん。兎をやるために、親から強制送還くらった」

「そんな言い方するなよ。そうそう、うちの子たちが神事の猿役と狐役に選ばれたんだ。禊をプール遊びか何かだと思ってるみたいで、昨日の夜からずっとはしゃいでるんだよ」

「小さい子には、滝の水はかなりつらいかも。桶《おけ》に汲んで少し温めた方がいいよ」

「前の神事の時は、真理も小学生だっただろう？　ちゃんと滝行をして、今思えばよくがんばったな」

「俺にもいちおう、兎月神社の人間の面子《メンツ》があるし。あの時は帝釈天の役が佑心にいちゃんだったから、余計にいいとこ見せようと思ってがんばったんだ」

前回の神事で、満月の光を浴びながら猿と狐と兎の前に姿を現した、佑心扮《ふん》する帝釈天の神々しさを、十年以上経《た》った今もよく覚えている。帝釈天はヒンドゥー教の武勇の神様から、仏教の守護神として取り入れられた経緯もあって、御身に鎧《よろい》と甲冑《かっちゅう》を纏っている。その姿が佑心にとてもよく似合っていて、真理は大事な兎の役を忘れそうになるくらい、彼に見惚《みと》れたのだ。

「今度も帝釈天は、佑心にいちゃんがやってくれるんだろ？　香明寺に所縁《ゆかり》のある人の中では、住職のにいちゃんが最適だよね」

「いや、俺ももう子持ちだし、真理の家に倣《なら》って神事に携わるのは未婚の方がいいと思う。うちの寺と兎月神社さんが相談して、今度の帝釈天役は、別の奴を立てることにしたんだ」

「別の――？」

「一緒にここへ登ってきたはずなんだけど。……あ、来た来た」

佑心の視線の先を追って、真理はびっくりした。億劫《おっくう》そうに霧を手で払いながら、清士が歩いてくる。

「清士⁉　佑心にいちゃん、まさか、清士に神事を任せたの……っ？」

「ああ。段取りや所作は俺が叩き込んでおいたから、安心してくれ」

「真理、やっぱりお前もここにいたか。兎の禊は毎日なんだろ？　大変だな」

「俺のことはどうでもいいよ。聞いてないぞ、お前が神事に関わるなんて」

「昨日この話をしようと思ったのに、お前が逃げるから事後承諾になったんだろうが」

「よりによって、何で清士が帝釈天なんだよっ。佑心にいちゃんに戻せ」

「バーカ。家どうしの相談で決まったことを、お前の勝手で覆せるか。兄貴、チビたちに準備運動させせろよ。いきなり水を浴びたら体に悪い」

「ああ。とにかく真理、そういうことだから。今度の神事はよろしくな」

「佑心にいちゃん——」

がっくりと項垂《うなだ》れた真理を置いて、佑心と子供たちは滝壺へと向かっていく。佑心の帝釈天姿を見るのが、神事の唯一の楽しみだったのに。真理はショックで立ち直れそうになかった。

「俺やだよ、彼女をとっかえひっかえして穢れまくってる清士に、御兎様を神様にしてくださった帝釈天をやってほしくない」

「おい、お前が思ってるほど俺は穢れてないぞ」

清士が長い指を伸ばしてきて、ぺち、と真理にデコピンをする。大げさに額を摩《さす》りながら、真理は抗議した。

「さ、触るな。暴力はやめろって昨日も言っただろ」

「じゃれてるだけだ。あんまりキレると、お前の方が御兎様に怒られるぞ。禊をしてすっきりしようぜ」

「ちょっ、おいっ、滝の水まで穢れる！　煩悩だらけの奴は入るな」

ふん、と清士は真理を鼻であしらって、霧で湿った前髪を掻《か》き上げた。真理が苛々《いらいら》している間に、さっさと行衣一枚の姿になった清士は、滝壺の畔《ほとり》で膝《ひざ》をついた。

「――――」

瞳を閉じ、無言で合掌する清士を見て、一瞬真理の心臓がどきりとする。彼の横顔が、意外なくらい神妙だったからだ。

「清ちゃん抱っこして！」

「お水冷たいよお。清ちゃん、僕肩車がいい」

「しーっ。俺が先に入って手本を見せてやるから、お前らはパパとそこにいろ」

はーい、と声を揃えた子供たちの頭を、ぐりぐりと撫でてから、清士は滝の下へと進んでいった。

「清ちゃんがんばって！」

彼の黒髪や、薄い行衣を、高いところから流れ落ちてくる水が濡らしていく。ばしゃばしゃ、と激しい水音が立つ中、清士はもう一度合掌をして、滝壺に一人佇《たたず》んだ。

「……あいつ、本当に神事をやるつもりなんだ……」

どきどき、どきどき。静かに滝に打たれる清士を見ていると、真理の鼓動が無意識に速くなってくる。いじめられている時間が長かったから、清士の真面目《まじめ》な姿はあまり見たことがない。清士のことが好きになってからは、ますます気まずくなって、まともに顔を見ることさえできなくなっていた。

「初めて見た。あんな清士」

「――うちの本堂で勤行をする時は、昔からああだよ。真理が相手だと照れくさいから、真面目なところは見せないようにしてたんだ」

「照れくさいって、何で？」

「いじめっ子のプライドだろ。わざと悪ぶって、真理にちょっかいかけてたんだよ。本当、我が弟ながら、やることがガキなんだから」

「佑心にいちゃん、全然意味分かんない……」

清士にいじめられては、佑心に泣きついて庇《かば》ってもらっていた子供の頃。佑心が怒って叱るたび、清士はおとなしくなるどころか、ますます真理をいじめて泣かせていた。あの奇妙なスパイラルに、どんな意味があったのか、清士に一方的な片想いをした真理は考えたこともなかった。

清士も真理も成長して、いじめられなくなった分、幼馴染の二人の間には距離ができてしまった。真理が自分で置いたその距離は、数メートル先の滝壺よりもずっと大きくて、清士のことをただ見ていることしかできない。どうして今更、帝釈天の役を引き受けて神事に携わる気になったのか、清士に本音を聞いてみたいのに真理は何も言い出せなかった。

「真理、何してんだ。お前も早く来いよ。滝に怖《お》じ気《け》づいたんじゃないだろうな」

「そ、そんなことないよっ。禊の最中は余計なことをしゃべるな。この滝壺も神域なんだから、静かにしろ」

少しもおとなしくならない鼓動を抱えたまま、真理は滝壺に足を浸《つ》からせて、清士の隣に並んだ。水は気が遠くなるほど冷たく、とめどなく流れ落ちてくる。頭や肩に受ける水の衝撃が、少しずつ真理を無心にさせて、無我の境地へと誘った。

ドウドウドウ、ばしゃばしゃばしゃ、水の音に閉ざされた神域に、清士と二人きり。せっかく無心になれたと思ったのに、どきんっ、とまた、真理の心臓が跳ねる。

（清士、ここで禊をするのは初めてだろ。冷たくないのかな。大丈夫？）

片目を薄く開けて、真理は清士の方を見た。ずっと合掌をしたままの彼は、堂々と立って動かない。水で重たくなった行衣が、彼の体にぴったりと張り付いて、逞《たくま》しい胸や腕の筋肉が透けて見える。

（……す……ごい、高校でバスケをやってた頃より、鍛えてる……）

遠い外国に留学をした彼が、どんな生活をしているのかは知らない。まだバスケを続けているのかもしれないし、別のスポーツをしているのかもしれない。でも、小柄で非力な、いかにも兎っぽい自分の体とは違う、発達し切った清士の体に、真理は興味津々だった。

もとから身長差にはコンプレックスがあったけれど、濡れた行衣に透ける清士の体は、あまりに男らしくて、目が離せない。裸になったら、隆々とした筋肉がもっと露《あら》わになって、魅力的なはずだ。

（悔しいけど、かっこいい。――清士と付き合った女の子たちは、みんなこいつの裸を見たり、触ったりしたのかな）

恋を自覚したばかりの頃、清士への悔しい気持ちが、女の子たちへの羨ましい気持ちに変わるまで、たいした時間はかからなかった。清士は真理にとって、近くにいるのにけして触れることができない、とてももどかしい存在だった。

いつの間にか、清士の濡れた体に釘付《くぎづ》けになっていた真理へ、滝壺から水の塊《かたまり》が吹き上げてくる。ザッパーン。きっと煩悩だらけになって、禊の最中に邪《よこし》まなことを考えた真理への、御兎様の罰だ。

「ごめんなさいっ、もうしませんっ！」

「真理？」

「な、何でもないっ。お前のせいで集中が途切れた。こっち見るな」

真理は慌てて滝の下から出ると、びしょ濡れの前髪を拭った。すると、激しく波打っていた滝壺の水面に、二羽の兎が浮いている。茶色い毛並みのノウサギの姿に化けた、ハッとマッツだ。

「あれ――？　お前ら、どうしてここに？」

御兎様の罰だと思っていた水の塊は、ハッとマッツが滝壺に飛び込んだ拍子に上げた、盛大な水飛沫《みずしぶき》だったらしい。狛兎の二人は、ノウサギの姿に変身すれば、真理以外の人間にも見ることができるし、神社の敷地の外も自由に移動できる。女性の参拝者がくると、ちやほやされたがって、二人はよくこの姿に変身するのだ。

「真理、お前を呼びに来た。大変なことが起こったぞ！」

「家の者が慌てふためいておる。すぐに戻れ！」

「え……っ？」

「うさぎが泳いでる！　真理ちゃん、それ真理ちゃんが飼ってるうさちゃん？」

「名前なんていうの？　触らせてー」

ハツとマツの話す言葉は、真理以外の人間には、ただの兎の鳴き声に聞こえる。子供たちが寄ってこようとするのを、真理は焦《あせ》って止めた。

「あ…っ、こ、こいつらは野良兎だよ。この辺によく出没するんだ。すぐ噛《か》むから触っちゃ駄目、いっ、イテテテテッ！」

「我らを野良とは何事だっ。失敬なっ」

「痛いって、バカ兎！　禊の邪魔しに来たのかよ、お前らっ」

「はっ！　お前の指を齧《かじ》っておる場合ではなかった。真理、早う水から上がれ！」

「とにかく大変なのだ。霧は払っておいた。本社まで一気に駆けるぞ！」

「分かったよ。——ごめん、みんな。うちの神社で何かあったみたいだ。ちょっと様子を見てくる」

「待てよ。真理、タオルで顔くらい拭いていけ」

「すぐ乾くからいい！」

急《せ》かせるハツとマツを抱き上げて、真理は滝壺から飛び出した。

山中に濃く立ち込めていた霧が、狛兎の人外の力ですっかり消えている。真理は兎のように身軽に跳ねながら、岩や木の根に覆われた悪路を、一気に兎月神社へ向かって駆け下りた。

「いったい何があったんだ……っ」

息を切らしながら境内に辿り着くと、神事の準備をしていた禰宜や氏子たちが、みんな青褪めた顔をしてざわついていた。普段は清浄な境内が、ねっとりと肌に吸い付くような、重たい空気に包まれている。社務所の裏の方へ、制服姿の警察官が走っていくのを見て、真理は嫌な予感がした。

社務所の裏には、兎を飼っているフェンスで囲った小屋がある。警察官を追い駆けた真理は、目の前の光景に息を飲んだ。

「……何だよ、これ……」

元気に餌《えさ》を食べ、フェンスの中を跳び回って遊んでいるはずの兎たちが、一箇所に固まって震えている。真っ白な毛は血のような赤いペンキで汚されていて、悪質な悪戯《いたずら》をされたことは明らかだった。

「真理」

小屋のそばで沈痛な顔をしていた父親が、真理に気付いて呼び寄せる。そこらじゅうに散ったペンキが、悪意そのものに見えて、真理は寒気がした。

「兎たちを別のところへ運んで、保護してくれ。動物病院の先生にも、念のため来てもらうように連絡してある」

「う、うん…っ。神事の兎たちは？　もう保護したの？」

「本殿に移してあった『五兎』は無事だよ。父さんたちは警察の人に事情を説明しているから、ここは頼むぞ」

「分かった！」

社務所の職員が運んできた段ボールに、真理は急いで兎たちを移した。自分では身を守れずに、怖がってきょろきょろしている姿が、かわいそうで仕方ない。

「大丈夫、俺がついてるから、もう怖くないぞ。神社の兎に手を出すなんて、いったい誰がこんなことしたんだ」

「すまぬ、真理。何者かが小屋の鍵《かぎ》を壊して侵入したようだ」

「我らが気付いた時には、もう兎たちはこのような様子で、ひどく怯《おび》えておった」

「狛兎のお前たちが、何をやってんだ。うちの神社を守るのが仕事だろ！」

「面目ない――」

ノウサギの姿から、普段の子供の姿に戻ったハツとマツが、真理の肩の上でしょげている。

二人を怒っても、起きてしまったことは仕方ない。

両手や行衣をペンキで真っ赤にしながら、真理は自宅の方へ段ボールを運んだ。すると、真理を追って清士も山から下りてきた。

「真理、俺も手伝う。こいつらをここから運び出せばいいんだな？」

「清士――」

「今さっき簡単な事情は聞いたよ。兎の小屋の中も、ペンキだらけだ。バケツか何かでぶちまけた感じだって。ひどいことをする奴がいるな」

怖がりの兎たちが、キッキッ、と神経質に鳴いて暴れている。真理よりも大きな段ボールを抱えて、清士は優しい声で話しかけた。

「よしよし、ちょっと我慢してろ。ペンキが乾き切る前に洗ってやらなきゃ、取れなくなっちまう」

「清士、手伝ってくれるの？　うちの兎のほとんどが被害に遭ったのに」

「二十羽くらいか？　真理一人じゃ大変だろ」

「うん、でも……、父さんが神事の兎たちは無事だったって。それだけでも、ほっとした」

「そうか。俺にはどの兎も一緒だけどな」

「え？」

「こいつらみんな、かわいいし。兎にとっては、神事も何も関係ない。安心できる住処《すみか》を傷付けられた、かわいそうなペットだよ」

何気ない清士の言葉に、真理ははっと胸を衝《つ》かれた。確かに、兎月神社の兎は地元の人たちにかわいがられている、地域のペットだ。人間の都合で、神事の兎とそうでない兎を区別するのはおかしい。

「小屋はあのままじゃもう使えないな。親には連絡しといたから、小屋の修理が終わるまで、こいつらをうちの寺で面倒みてやるよ。――真理？　あーあ、お前も真っ赤になってる。後で禊のやり直しだな」

真っ赤になっているのは、ペンキで汚れた行衣だけじゃない。真理の頬が熱く火照《ほて》って、段ボールで隠していなければ、恥ずかしさで爆発しそうだった。

（何だよ、清士のくせに、かっこいいこと言うなよ）

もう何年も、素直になれない片想いをしている相手のことを、惚《ほ》れ直すなんて。兎たちの身に大変なことが起きたのに、我儘《わがまま》な自分が嫌になる。

「まさか、兎月神社の兎までやられるとは思わなかった。ばちあたりな奴がいるな」

「え…、清士、うちまでって、どういうこと？」

「最近この辺りで、ペットの被害が増えてんだよ。俺たちと小学校まで一緒だった稜介《りょうすけ》、覚えてるか」

「うん、商店街の文房具屋の稜くんだろ？」

「十日くらい前だったかな。あいつの家で飼ってる犬が、変な薬の入った餌を食べて、危ない目に遭ったんだ」

「変な薬――？」

「農薬だったって。悪戯にしては悪質だろ。誰かが庭先に置いていったその餌を、誤って食べたらしい」

「ひどい、そんなことをする奴がいるなんて、信じられないよ。警察には？　ちゃんと届けたの？」

「ああ。気になって兄貴に聞いてみたら、ペットが虐待される被害が、市内で立て続けに何件も起きてるらしい。犯人が全部一緒だったら、神社の兎までおかまいなしの奴だ。もっとエスカレートするかもしれないぞ」

「……そんな……っ」

段ボールを抱き締めながら、真理は憤った。無抵抗な動物たちを傷付けるなんて、許せない。このまま何も対策を立てなかったら、ますます被害は広がるだろう。

「そうだ、今日稜介や地元の連中と集まる予定なんだけど、真理も来るか？」

「う、うん、行くっ。みんなに会うの久しぶりだし、稜くんちの犬のこと、詳しく聞きたい」

「今はだいぶ回復して、散歩もできるようになってるみたいだぞ」

「よかった――。お見舞いとか、してもいいかな。父さんに言ってお札《ふだ》をもらっておこう」

兎を祀る神社の人間として、動物が傷付けられるのは黙っていられない。重たい溜息をついた真理に、清士は小さな苦笑を浮かべながら呟いた。

「俺のことも、それくらいかまえよ」

「え？　何か言った？」

「別に。早くこいつらを洗ってやろう」

「うん。直接お湯や水で濡らすと兎たちが弱るから、よく絞ったタオルを使って」

「分かった。お前の指示に従うよ」

段ボールの中で、兎たちが震えて待っている。真理一人では、兎たちを守ってやることはできない。でも、二人なら何とかなる気がする。隣を歩く清士のことが、真理はとても頼もしかった。


地元の商店街は、夜になると居酒屋やバーが開店して、賑やかな飲み屋街になる。若者が集まる店は、安くてそこそこ料理がおいしいチェーン店と決まっていて、待ち合わせをした店も、真理が大学の友達と通うようなよくある居酒屋だった。

「真理に会うの何年ぶりだっけ。元気だった？」

「うん。稜くんとは中学で離れたから、本当に久しぶり。みんな全然変わってないね」

「けっこう人数集まったな。このまま同窓会でもやる？」

「女の子いねーし。今から呼ぼうか」

「男だけの方が気楽でいいよ。おーい、こっちにもグラス回して」

突き出しの小鉢が置かれたテーブルの向こうに、懐かしい顔が並んでいる。高校卒業が一つの節目になって、真理はそれまで親しかった地元の友達と、少し疎遠になっていた。

久しぶりの再会でも、昔とまったく変わらないペースで話せるのがありがたい。大学でできた新しい友達とは違う、みんな小学校からよく知っている間柄だ。グラスに注《つ》いで回っているビールを見て、自分たちが二十歳を超えていることに、改めて時間の流れを感じる。

「真理もグラス持てよ。注いでやる」

「あ…、ううん、俺はウーロン茶がいい」

「えー？　何でだよー？」

「今年は真理んとこの神社の夏祭りがあるだろ。真理は兎の巫覡さんだから、祭りが終わるまで酒は飲めねーの。な？」

「うん。ほんとはみんなと一緒に飲みたいんだけどね」

「俺知ってる！　兎の巫覡って、結婚したり、彼女ができたりしたら、もうできなくなるんだろ？　それってさあ」

「アレ、だよなあ」

まだお酒を一滴も飲んでいないのに、陽気な友達は、からかい半分で真理のことを見つめてくる。遠慮のない関係というのは、こういう時は厄介だ。

「真理、お前まだ童貞なんだ？」

「……絶対この話になると思った……」

がっくりとテーブルに突っ伏して、真理は耳を塞《ふさ》いだ。とっくに童貞を卒業しているみんなが、わざとらしく同情してくれる。

「大丈夫だって、大学で彼女できるって」

「うちのサークルの子と合コンする？　お前のためにかわいい子集めるよ？」

「童貞がなんだ。巫覡って、真理にしかできない大役なんだろ？　今日はお前の激励会をしてやるからな」

「ごめん、ほんとに俺、お酒は駄目だから。俺のことは放っておいて、みんな飲んで」

「少しくらいいいだろ。飲め飲め。どうせバレないって」

ビール瓶《びん》を手にした友達が、真理のグラスに無理矢理お酌《しゃく》をしようとする。すると、横から清士が手を伸ばしてきて、瓶を奪い取った。

「やめとけ。御兎様が月から見てるぞ」

「清士」

「すみません、注文お願いします」

気の利いたことを言ってから、清士は店員を呼んで、ウーロン茶を二つ頼んだ。

「何で二つ？　真理の代わりに清士が飲めよ。お前めちゃくちゃ酒強いだろ」

「俺もウーロン茶でいい。真理だけぼっちじゃ、かわいそうだし」

「何だよお前ら、つっまんねーの」

「いいよ、清士。お前は飲んでも大丈夫なんだから、俺のことは気にするなよ」

「どうせ酒だけじゃなく、肉や魚も駄目なんだろ？　付き合ってやるって」

「清士……、何で。お前昔、野菜嫌いだったのに」

「いつの話をしてんだ。寺の息子なめんなよ、精進料理で嫌でも鍛えられてる」

真理が遠慮をしても、清士は少しも引き下がろうとしなかった。

焼き鳥や刺身の盛り合わせ、アヒージョにピザにニンニクたっぷりのステーキ、食欲をそそるメニューがどんどん出てくる中、焼き鳥の付け合わせのキャベツを齧っていると、本当に兎になった気分がしてくる。向かいの席で、キュウリの漬物を食べていた清士が、ちらりと真理を見て笑った。

「俺ら健康的だな」

「ほんと。体の中から綺麗になってく感じ」

「女友達に教えてやろう。下手な運動やデトックスより、精進料理の方がダイエットに効くぞ」

「バカ」

清士に笑い返して、真理はビールを飲むように、ウーロン茶を呷《あお》った。

友達に混じって、ノンアルコールのジョッキで乾杯をした二人の手は、ほんの数時間前までペンキで真っ赤だった。兎を一羽ずつ大事そうに抱いて、タオルでペンキを拭ってくれた清士のことが、真理の頭に残って離れない。一緒に野菜ばかり食べている今といい、今日は清士のかっこよくて優しいところばかり見せられて、真理は何だか、ウーロン茶で酔ってしまいそうだった。

（兎たち、清士がいたから安心できたみたいだった。いじめっ子だった昔の清士はどこに行ったんだよ。こんなの反則だ――）

清士のことを好きな気持ちが、真理の胸の奥でどんどん加速していく。それだけ片想いも深くなっていくのに、止めようがない。

（明日も朝イチで禊をしよう。清士のことばっかり考えてたら、神事に集中できない）

渇いていく喉《のど》に、冷たいウーロン茶を流し込んで、昂《たか》ぶっている気分を少し落ち着ける。

満席の店内の喧騒《けんそう》と、ボリュームを上げたＢＧＭに紛れて、友達の屈託のない笑い声がした。

「相変わらず仲いいな。お前らを見てると、小学校の頃に戻ったみたいだ」

そう言って、真理と清士の顔を交互に見つめたのは、商店街の文房具屋の息子の稜介だ。

家が近い三人は、うんと子供の頃から一緒に過ごすことが多かった。

「稜くん、冗談きついよ。俺とこのいじめっ子が仲よかったことなんて、一度もないし」

「そうかな。俺には清士が真理のことをかまいたくて、しょっちゅう泣かせてたように見えたけど」

「泣かせた時点で終わりだろ。かまうにも限度ってものが……」

「稜介、もう酔ってるのか？　昔の話より、お前の家の犬のこと、真理が聞きたいって」

「そうっ、大変な目に遭ったたって、清士に聞いたよ。うちの神社のお札を持って来たんだ。安全祈願に、よかったら家の北側の壁に貼って」

「――ありがとう。うちの家族もきっと安心するよ。ゴン太の具合はよくなったけど、ネットに動画を上げた奴がいてさ」

「動画？」

稜介は頷くと、暗い顔をして携帯電話を取り出した。彼が見せてくれた動画には、薬の入った餌を食べて、犬が苦しんでいる姿が映っている。それを撮影した人物の笑い声まで入った、残酷な内容だった。

「……ひどい……」

真理はぞっとして、半袖のシャツの二の腕に鳥肌を立てた。こんな動画を撮ってネットに流すなんて、正気とは思えない。

「本当は消したいけど、証拠になるって警察に言われて、いちおう保存してるんだ。ごめん、気分悪くなっただろ」

「ううん、稜くんこそ。家族の人たちもつらいね」

「この動画を上げた奴、アカウントをいろいろ変えて、他にも動物の虐待動画をいくつも流してるらしい」

「最悪な奴だな」

「ネットには、こいつを神扱いしてる奴らもいるんだ。全員まとめて逮捕してほしいよ」

「ふざけてる。何が神だ」

神職の家系に育った真理には、絶対に受け入れられないことだった。動物に危害を加えて喜ぶような人間に、神様の存在を軽く扱ってほしくない。

「やっぱり、うちの兎をペンキ塗《まみ》れにしたのも、同じ奴なのかな……」

「兎？」

「真理の神社の兎たちも、悪質な被害に遭ったんだ。同じように動画を撮られてるかもしれない」

「おもしろがってあんなことをするなんて、許せないよ。しばらく兎の里親探しや、境内で飼うのは中止しようってことになったんだ」

「その方がいい。番犬のゴン太がやられたんだ。か弱い兎じゃ、何されるか分かんないぞ」

「うん。これからはもっと気を付けるよ」

綺麗にペンキを落とした兎たちは、清士の寺へ預けられて、屋内で安心して過ごしている。清士の甥っ子たちが、せっせと餌やりを手伝ってくれて、とてもありがたかった。

今夜集まった友達に、虐待事件が起きていることを相談して、飲み会はお開きになった。もし兎たちの動画を発見したら、すぐに連絡をもらう約束もできて、心強い。

居酒屋のある商店街から、兎月神社までの短い通りを歩いていると、沿道に兎の柄の提《ちょう》灯《ちん》が連なっている。この街ならではの祭りの風情が、ひどく懐かしくなって、真理は提灯を見上げた。

「なんか、いよいよって感じだなあ。十三年ぶりの夏祭りか」

「――ああ。前の神事は、俺たちが小一の時だったから。この通りに縁日が立って、すごい人出だったたな」

兎月神社が十日間もかけて執り行う、八月の『月の兎』の神事のことを、地元の人たちは夏祭りと言っている。特別な年にしかない一大イベントとして、露店が並ぶ縁日の他に、近くの河川敷では花火大会もあって、見物客で街の人口が何倍にも膨れ上がる。

ただ、街の人々にとっては楽しいイベントでも、真理にとっては、花火大会が終わってからが本番だ。神事の当日まで続く『御籠《おこも》りの禊』は、毎日の滝行に加えて、座敷牢《ざしきろう》のような神社の奥社に籠って、一人穢れを遮断して過ごさなくてはならない。携帯電話もテレビも禁止の、とても厳しい禊なのだ。

（電話もテレビもなかった時代も、『御籠りの禊』はしたのかな）

現代の世の中は誘惑が多過ぎて、穢れを全て断ち切ることは難しいかもしれない。清士と二人でいることに、胸をどきどきさせている真理も、きっと穢れに塗れているだろう。

（御兎様。清士のことを諦められたら、俺は穢れを祓うことができますか）

それができるくらいなら、いじめられっ子だった頃に、清士のことを嫌いになれているはずだ。神様の御兎様でさえも、真理の恋はどうすることもできない。

堂々巡りのように悩みながら、兎月神社の長い石段を上ると、しんと静かな玉砂利の境内に、いくつも篝火《かがりび》が焚《た》かれている。その篝火は、本殿の神聖な火を松明《たいまつ》に分けたもので、神事が終了するまで燃やし続けなければならない。神事には欠かせないものでも、朦々《もうもう》と火の粉を上げてオレンジ色に揺らめく炎が、真理は少し苦手だった。

篝火を見ていると、前回の神事のことを思い出す。『月の兎』の民話の中で、御兎様は、自分を食べてもらうために火に飛び込んで、丸焼けになった。神事のクライマックスではそれを再現して、兎役の巫覡が火の輪をくぐる。

前回の神事の時、まだ小学生だった真理は、そのクライマックスが怖かった。燃え盛る火の輪をくぐることが、巫覡の自分の役目だと分かっていても、熱かった火への恐怖心は、トラウマになって真理の中に残ってしまった。

（またあれをやらなきゃいけない。少しでも怖いと思ったら、足が竦んで動けなくなる）

篝火よりもずっと大きな、神事の火の輪を思い浮かべて、真理は深く息を吐いた。炎の中に自ら飛び込んでいった御兎様は、体を焼かれていく間、どんなことを思ったのだろう。俗な人間がいくら想像を巡らせても、神様として崇《あが》められている御兎様の心の中は分からない。

「真理、どうした。お前の家は向こうだぞ」

「あ……、うん」

真理の靴の下で、じゃりっと石が鳴った。いつの間にか、篝火の前で立ち尽くしていたことに気付いて、慌てて踵《きびす》を返す。

「今日は稜くんたちに会えてよかった。誘ってくれて、ありがと」

「おい、真理」

「明日また兎たちの様子を見に行くよ。おやすみ」

「待てって。——なあ、お前火が怖いの治ったのか？」

「え……っ」

どうして清士が、そのことを知っているのだろう。兎のように大きく瞬きをした真理を、篝火が明々と照らしている。

「前の神事の時、火の輪で髪の毛を焦がしてぴーぴー泣いてたろ」

「ぴーぴーなんか泣いてないっ」

「あれ以来、火の近くには寄らなくなったじゃないか。理科の実験の時とか、中学の臨海学校のキャンプファイヤーの時とか。お前、あの時は気分が悪くなったふりして、宿舎の部屋で寝てただろ」

「何だよ、変なところだけ記憶力いいよな、清士って」

ははは、と清士は笑って、降ってくる火の粉へ手を伸ばした。

「危ない。火傷《やけど》するよ」

「火傷したら手当てしてくれるか？　宿舎でお前に付き添ってた俺みたいに」

本当に、清士の記憶力のよさは迷惑だ。楽しい思い出のはずの臨海学校は、最終日のキャンプファイヤーで最悪な思い出に変わった。

何メートルもの火柱を見て、気分が悪くなったのは、嘘じゃない。宿舎のベッドに横になって、クラスのみんなが歌やダンスで盛り上がっているのを、窓越しに見ていた。自分一人が仲間外れになったようで、寂しくて、泣き出しそうになっていたところに、清士が現れたのだ。

『――真理。大丈夫か？　水、持って来てやったぞ』

電気を消して真っ暗にしていた部屋に、清士のやけに優しい声が響いたことを、今も覚えている。その頃はもう、清士は真理をいじめなくなって、二人で話をすることも少なくなっていた。

やっといじめから解放された。清士から自由になれた。彼と無関係でいられる。——そう信じていたから、清士に水のペットボトルを渡されて、涙が止まらなくなった自分自身に、真理は心の底から驚愕《きょうがく》した。

あの時気付いたのは、本当は清士と話をしたかったということ。心配してくれて嬉しかったということ。いじめられなくなって、寂しかった、ということ。

毛布を頭までかぶって、ペットボトルを抱き締めながら、ベッドの縁に座っている清士のことを、ただ感じていた。毛布からじんわりと伝わってくる清士の体温が、切なくなるほど温かくて、彼の体にもっと触れたいと思った。

清士があの日、キャンプファイヤーが終わるまで一緒にいてくれたのは、単なる気まぐれだったと分かっている。でも、真理が自分の恋に気付くには、十分なきっかけだった。

清士が好き。もっとかまってほしい。けして言葉にしてはいけない、幼馴染への片想いが始まったのは、あの日からだ。清士に知られたら最後、気持ち悪がられて終わってしまう秘密の恋は、今も続いている。

「清士。キャンプファイヤーのことなんか、いつまでも覚えてないで、もう忘れろよ」

消すことができるなら、あの時の記憶ごと、清士への想いを消したい。何もかも告白して玉砕したい気持ちより、清士に嫌われたくない、避けられたくない気持ちの方が、真理は強かった。

「火が怖くても、神事はちゃんとできる。前の時は、火の輪の向こうで佑心にいちゃんが待っててくれたし。兎の役は巫覡の俺がやらなきゃ、他に誰がやるんだよ」

幼馴染という、誰よりも近くて温《ぬる》い関係を、この先ずっと続けていけるだろうか。三十歳になっても四十歳になっても恋を隠したまま、清士にいつか結婚相手ができても、平気な顔をし続けられるだろうか。

（そんな先のこと、誰にも分からない）

不安を煽《あお》るような、ぱちぱちと火の粉が弾《はじ》ける音に、真理ははっとした。オレンジ色の熱の飛礫《つぶて》が、真理に向かって飛んでくる。

「あ…っ」

「ボケっとするな。――こっちへ来い」

一瞬、足元がおぼつかなくなって、眩暈《めまい》のように真理の視界がぐらついた。清士に抱き寄せられた体が、重力を失った彼の胸の中へと倒れ込む。

「今度の神事は、俺がついてる」

「……え……」

篝火の明かりを遮って、逆光の清士の顔が大写しになった。自分の心臓の音に邪魔されて、彼が何を言っているのか、あまりよく聞こえない。

「お前に何があっても、俺が助けてやるから。兎みたいに跳ねて、帝釈天のところへ飛び込んでこい」

くしゃ、と真理の頭の後ろの髪を摑《つか》んで、清士はそう言った。

彼の指が触れたところが、とても熱い。火の粉よりも高い温度で、真理の顔じゅうを真っ赤に焼いていく。

「な…、何かっこつけてんだ。清士の助けなんかいらないよ」

「かっこつけてない。兎の根性見せてみろって言ってるんだ」

「兎の根性って何。もういいから、離せ。俺帰るっ」

髪に触れたままだった清士の手を、乱暴に振り払って、真理は歩き出した。

清士がすることに、いちいち焦ったり、戸惑わされたりしてしまう。激しく打ち鳴らす心臓の音を、清士に聞かれたくなくて、足元の玉砂利をわざとうるさく踏んだ。

「真理、花火大会の日は、ずっと忙しいのか?」

「当たり前だろ。参拝者が増えるし、社務所の手伝いとか、うちはいろいろあるんだよ」

「じゃあ俺も手伝いに来てやるから、夕方から空けとけよ」

「は——?」

「お前と二人だけで、花火を見に行きたい」

「えっ⁉　い…っ、行ける訳ないだろ。花火大会が済んだら、俺には『御籠りの禊』が待ってる。神事が終わるまで俺は忙しいんだって」

「せっかく夏休みなんだ。神事にばっかりかまけてないで、俺たちもそれらしいことしようぜ。じゃ、約束な。真理は浴衣《ゆかた》決定で。ドタキャンすんなよ」

「清士、ちょ……っ、浴衣？　遊んでる暇なんかないってば、なあっ」

真理のことをからかうように、ひらひらと右手を振って、清士は参道の方へ戻っていった。

清士の方から、花火大会に誘ってくれるなんて。嬉しくてあたふたしている間に、篝火に照らされた清士の背中が見えなくなる。一人で境内に残された真理は、それからしばらく、放心状態で口をぱくぱくさせていた。

「清士と、花火大会。何で？　何であいつ、俺のこと、誘ったの？」

ドタキャンするなと言われて、頭がうまくついていかない。困惑と疑問と、その何倍も嬉しさが膨らんで、真理は息をするのも苦しかった。

三

「赤い兎柄のお守りが縁結び、黄色が開運、青が家内安全を祈願しています。縁結びにはペア守りというのがありまして、大願成就の暁《あかつき》には、大切な方とお揃いのお守りを身に着けていただけます」

「かわいいー。それじゃあ、ペア守りを一組お願いします」

「はい。それでは二千円をお納めください」

「すみません、御朱印をいただきたいんですが」

「こちらの社務所に向かって左側の端に、受付があります。少しお待たせしますが、順に並んでお待ちください」

街を挙げての夏祭り、今日の兎月神社の境内は、朝からずっと混雑していた。縁日から流れてきたたくさんの参拝者が、お守りやお札を求めて、社務所の前で列を成している。最近は御朱印集めがブームになっていて、兎の印章を用いるこの神社の御朱印も、全国から希望者が集まるほどの人気だった。

「——人の波が押し寄せておる。望月の大祭の年はいつものことだが、壮観よのう」

「皆、御兎様の御利益にあやかりたいのだ。若き女子《おなご》たちは、柏手《かしわで》を打ってつがいを求め

おみくじ

ておる」

「ハツ。せめて良縁って言え。つがいは露骨だろ」

「おや、つがいたい者がおるのに、及び腰の男子《おのこ》が何か言っておるわ」

「マツ、うるさい。お前らも少しは手伝えよ」

「我らは境内の警護で忙しい。これほどの人出、またよからぬ者が侵入してくるやもしれぬからな」

「まったく、気ばかり張って飯を食う暇もないわ」

確かに狛兎のハツとマツは、今日は何度も境内の見回りをして、格好だけは兎月神社の守護者らしくしている。でも、勇ましいことをぺらぺら言っている二人の口元は、食紅のせいで真っ赤だ。

「お前らなあ、リンゴ飴《あめ》食べながら警護できんのか」

「ややっ、こ、これは、童たちが我らの石像に供えたものだ。心優しき者の供物は、無下《むげ》にはできぬ」

「そうだぞ、真理。リンゴ飴もかき氷も、早う食わねばこの暑さで融《と》けてしまうではないか」

「……かき氷も食べたのか……。社務所の中にいる人間は、サウナ状態だってのにっ」

「ヒエッ！」

ぴゅんっ、と音が聞えるほどの素早さで、ハツとマツはどこかへ逃げて行った。まさに脱兎の勢いだ。

すると、頒布物の整理をしていた助勤《アルバイト》の巫女《みこ》が、不思議そうに真理に話しかけてきた。

「あのう、真理さん、今誰と話してたんですか？」

「えっ、独り言だよ、独り言」

「独り言にしてはちょっと――言葉がリアルっていうか、見えない人と話してるみたいでしたよ」

確かに、真理以外の人間には、ハツとマツは見えない。気を付けているつもりでも、二人が平気で話しかけてくるせいで、真理は時々周囲から変な目で見られて迷惑していた。

「知らないの？　ここの神社、兎の座敷童《ざしきわらし》が出るのよ」

「違う違う、兎のお化けよ。真理さんは霊感の強い巫覡さんだから、お化けの姿が見えるんだって」

「えーっ、怖ーい！」

社務所の中が、一瞬騒然とする。巫女たちの情報は、いい加減でデマばかりだ。

「真理さん、本当ですか？　ここに変なのがいるんですか？」

「えっと……」

変は変だけど、と言いかけて、真理は口を噤《つぐ》んだ。どこからか戻ってきたハツとマツが悪ノリをして、巫女たちの目の前で幽霊のようにふわふわ浮いて遊んでいる。

ずっと子供の頃に、真理はハッとマツのことを友達に話して、気味悪がられたことがある。その時は清士も一緒にいたはずだが、格好のいじめのネタだったのに、どうしてだか彼は何も言わなかった。

人が見えないものを、正直に見えると打ち明けても、たいしていいことはない。だからいつしか、真理はハッとマツについて、適当にごまかすことを覚えてしまった。

「俺は霊感ゼロだし、ここには兎の座敷童も幽霊もいません。参拝者の方をお待たせしないように、みんなちゃんと御奉仕して」

「はーい」

リーダーらしく、巫女たちに注意をしてから、真理は顎へと流れ落ちた汗を拭った。

数台のエアコンを稼動させている程度では、開口部の広い社務所は冷えてくれない。真夏の外気と、参拝者の熱気が、陳列台の向こう側から真理を圧倒している。水色の袴《はかま》の下まで汗びっしょりになって、お守りの授与に精を出していると、倉庫に繋がっている背後の戸が開いた。

「——失礼します。ペア守りと御朱印帳の補充分、持って来たよ」

「あっ、清士さん。こっちですー、お願いしまーす」

「はーい。うちの寺から、差し入れのジュースが届いたから。休憩の時に交代で飲んで」

「ありがとうございまーす」

清士が現れた途端、巫女たちの声が一オクターブ高くなる。香明寺のイケメン兄弟は地元では昔から有名で、特に次男の清士は、行く先々で女の子に騒がれる目立つ男だった。

「真理も水分摂《と》っとけよ。熱中症で倒れるぞ」

「うん、後でもらう。清士んちのおじさんとおばさんに、お礼を言わないと」

注目されることが当たり前のように、常に人前で堂々と振る舞ってきた清士が、今日は裏方に徹している。社務所で一番下っ端の小間使いとして、頭にタオルを巻いて手伝いをしてくれているのだ。

「あのー、ここの神社でたくさん兎を飼ってるって聞いたんですけど、どこに行ったら見られますー？」

兎のことを尋ねてくる参拝者は、これで何人目だろう。真理より少し年上の女性が、連れの男性と二人で、カメラを手に社務所へやって来た。

兎月神社は兎と直《じか》に触れ合える神社としても、結構有名だ。でも、あのペンキの事件があってから、小屋は閉鎖したままで、兎目当ての参拝者には残念な思いをさせていた。

「すみません、兎たちは今ちょっと、他のところへ移していて」

「えー？　いないんですかー？」

「すみません」

「純《じゅん》くん、兎いないみたい。ＳＮＳに写真上げようと思ったのに」

「他のところに移したって、どこですか？　この近く？」

「えっ、えっと――、その」

兎たちを守るために、避難先は教えないことにしている。でも、熱心に聞いてくる人も多くて、隠し事ができない性格の真理は、とても心苦しかった。

「兎たちは、ウィルスの検査で病院に預けているんです。そうだよな？」

急に会話に入ってきた清士が、参拝者に嘘を言っている。お前も口裏を合わせろ、と、清士に背中を叩かれて、真理は慌てた。

「えっ？　あっ、は、はい。そうです。検査の結果が出るまで、兎は神社の方には戻りませんん」

「なんだー、検査じゃしょうがないよね。また来まーす」

「はいっ。お待ちしています」

兎好きらしいカップルは、腕を組んで参道の方へ戻っていった。咄嗟《とっさ》のこととはいえ、社務所で嘘をつくなんて、御兎様に怒られるかもしれない。

「清士、今のはちょっと……。もっとうまい説明の仕方があっただろ」

「嘘も方便。兎たちの安全のためだ。うちの寺に移したことは、極力伏せておいた方がいい」

「それは分かってるけど、さっきの参拝者にすごく悪いことをした気がする」

「お前に嘘つかせたの俺だし。これくらい、御兎様も見逃してくれるだろ。もしばちがあたったら、俺一人で引き受けてやるよ」

「清士……」

ぽんぽん、とまた背中を叩かれて、真理は気を取り直した。兎たちのために、二人でついた嘘を、どうか御兎様が許してくれますように。

「この辺の空いてる段ボール、片付けとくな」

「ありがとう。畳んで倉庫の隅にでも纏めておいて」

「ん。——真理、いいもんやる」

「え？」

真理の上衣の袖に、清士はするりと何かを入れた。肌の上を氷が滑ったように冷たい。

「ひゃっ、な、何？」

袖の中を覗いてみると、四角い冷却剤が入っていた。熱が出た時に使うあれだ。

「すごい、すうっとする。気持ちいい……」

「気休めだけどな。ここ暑いし、ないよりはマシだろ？」

「うん。巫女さんたちの分もあったら、めちゃくちゃ助かる」

「ジュースと一緒に、クーラーボックスに入れてあるから。みんなに使ってもらって」

「分かった。ほんとに、ありがとな」

清士の気配りに感心しながら、真理は気後れをしそうだった。自分よりも清士の方が、社務所で奉仕するみんなのことをちゃんと考えている。

(清士のこういうところは、見習わないと)

心の中ではそう思っても、素直に言葉にできないのが、不器用な真理のいけないところだ。女の子たちに優しくて、気の回る清士への対抗心もあって、つい厭味《いやみ》を言ってしまう。

「清士がこんなに使える奴だとは思わなかった。寺より神社で奉仕する方が合ってるかも」

「バカ、うちの寺務所の手伝いもしてるよ。とっとと雑用を済ませた方が、その分早く、お前をここから連れ出せるだろ」

「え?」

「花火大会に行く約束、忘れたのかよ。先に待ち合わせ決めとくか。夕方五時に、参道の狛兎の前な」

「清士……」

「じゃ、後で。お前もちゃんと休憩取れよ」

ぽん、と真理の肩を軽く叩いて、清士は社務所を出て行った。たったそれだけのことなのに、真理の体温が上がっていく。ただでさえ暑い社務所の中が、炎天下の砂浜にでもなったように、眩暈がしてくる。

(待ち合わせなんて、さらっと言うなよ。お前には何でもなくても、俺には特別なことなんだから)

真夏の日が落ち、夜が来たら、河川敷で花火大会が始まる。清士の方から誘ってくれた、二人きりの花火見物だ。

（また、どきどきしてきた。お前のせいだぞ、バカ清士）

ひどくなるばかりの眩暈を、どうすることもできない。彼にもらった冷却剤では、自分をクールダウンできそうになかった。


ドン、ドン、ドン、祭太鼓が響く中、神輿《みこし》を担いだ子供たちが通りを練り歩く。ワッショイ、ワッショイ、勇ましい掛け声に沿道の見物客たちは拍手を送り、しきりにカメラのフラッシュを焚《た》いている。

夕方になって、じりじりとした真夏の暑さが少し和らいだ。社務所のエアコンよりもずっと涼しい風が、真理《まこと》の浴衣《ゆかた》の襟足を撫《な》でている。紺地に縦縞《たてじま》がアクセントの浴衣は、母親がこの夏に新調してくれたもので、袖《そで》を通すのは今日が初めてだった。

「帯、曲がってないかな。焦《あせ》って出てきたから、鏡でチェックできなかった」

和服の類は、普段から着慣れているせいで、貝の口の帯も自分で結べる。でも、今日は完成するまで何回も結び直してしまった。

「そもそも何で浴衣なんだよ――。おまけに五時って言ったのに待たされてるし」

参拝者の途切れない参道の石段を見下ろしながら、財布を入れた信玄袋を握り締める。家に迎えに行くのではなく、清士《せいじ》とこうして待ち合わせをするのは初めてで、文句の一つも言っていないと全然落ち着かない。そわそわしている真理の様子を、ハツとマツが狛兎《こまうさぎ》の石像の上で、にやつきながら眺めていた。

「ハツよ、真理は今宵《こよい》は『でえと』らしいぞ」

「どうりでめかしこんでおる。マツ、気付いておるか。『でえと』となると、匂《にお》いも違うぞ」

「ちょ、ちょっとデオドラントを使っただけだよ。お前ら何でここにいるんだ。警護はどうした」

「お前のことをこうして見守っておるではないか」

「見物して楽しんでるだけだろ。言っておくけど、ついて来るなよ。清士と、ふ――二人だけで花火見るんだから」

「つまらんのう」

「つまらんのう」

声を揃《そろ》えたハツとマツは、真理のことをからかいたくて仕方ないらしい。早くここから離れないと、狛兎たちのいいおもちゃにされてしまいそうだ。

真理はもう一度、人待ち顔で参道から縁日の通りを見渡した。すると、混雑の隙間《すきま》を縫うようにして、長身の男がこっちへ向かって歩いてくる。

「清士……」

周りより頭一つ分ほど背が高いせいで、すぐに彼だと分かった。思わず手を振ってしまった自分が、我に返ると恥ずかしい。

「真理、ごめん。出掛けに親父《おやじ》に引き止められちゃってさ、待ったか？」

「う、ううんっ、今来たとこ」

――こんなやりとりを、マンガやドラマで見たことがある。何十分も待たされたとしても、登場人物たちは笑って待っていないフリをしていた。

社務所で着ていた作務衣《さむえ》から、清士はTシャツにジーンズという、ラフな格好に着替えている。清士の浴衣姿も見たかったのに、真理の予想は外れた。

「暑いのに俺だけ浴衣かよ。ずるいぞ、清士」

「俺が着ても意味ないし。やっぱりリクエストしてよかった。真理、浴衣めちゃくちゃ似合ってる」

「そ、そう？　母さんの手縫いだよ」

「真理んちのおばさんすげー。俺のも縫ってもらおうかな。お前とお揃いで」

「無理っ。絶対、ヤダ」

お揃いの浴衣なんか着たら、恥ずかしくてきっと顔から火が出る。今だって、変に清士のことを意識して、声が上擦りそうになっているのに。

ドン、ドン、ピィヒャララ、祭囃子《まつりばやし》の喧騒《けんそう》が、ぎこちない真理をよそに、夏祭りを盛り上げている。風に揺れる兎提灯と、神輿を担ぐ子供たちの捩《ね》じり鉢巻き。楽しそうな地元の人たちの様子に後押しされて、真理はカラコロと下駄《げた》を鳴らした。

「行こう、清士。縁日楽しそう」

「ああ。何か食べるか？　って言っても、選択肢は限られてるけど」

「とりあえずリンゴ飴《あめ》とかき氷かな――」

鳥居をくぐって神社の敷地を出ると、通りの両側には露店がひしめき、客がぎゅうぎゅうに交通渋滞を起こしている。串焼きやたこ焼きのいい匂いにふらふら誘われながら、真理は手始めにリンゴ飴を買った。甘いものが苦手な清士は、隣の店で一番人気の、キュウリの一本漬けを買って食べている。

「またキュウリ？　この間、居酒屋でも食べたのに」

「真理こそ、二十歳の男がリンゴ飴はないだろ。せめてアンズ飴にしとけよ」

「その二つのどこに違いがあるんだ」

ああ言えばこう言うやりとりも、縁日を歩きながらすると楽しい。昔ながらの金魚すくいや、射的の店もあって、あちこち立ち止まっては、祭りを満喫した。

たくさんある露店の中で、とりわけ客を集めているのは、お面屋さんだ。普通ならアニメのキャラクターや戦隊もののヒーローが定番だけれど、兎月《とげつ》神社が中心の祭りだから、兎のお面やおもちゃの兎の耳を売っている。特に兎耳《うさみみ》は、子供や女の子が頭につけるとかわいらしくて、この祭りの風物詩にもなっていた。

「すごい、兎がいっぱい。みんな耳つけてる」

定番の白耳に、シャープな印象の黒耳、ロップイヤー種を思わせる茶色の垂れ耳、通りはまるで兎の大集合だ。

「こんな祭り、他にはないよな。TVカメラが何台も来てるぞ」

「ほんとだ。夜のワイドショーに出るかも」

兎月神社の夏祭りは、神事のある年にしか開催されない。レアな祭りと、兎を神様として祀《まつ》る珍しさが話題を呼んで、数日前からネットではニュースになっていた。

「真理もつけろよ、兎耳」

「俺はいいよ。——ちゃんとお浄《きよ》めした耳を神事でつけるし、祭り用のおもちゃの耳は、元々それが一般化したものなんだから」

「細かいこと言うなって。俺もつけるからさ」

「ええっ？　清士は似合わないよ。賭《か》けてもいい」

「じゃあ試しに買ってみようぜ。すみませーん、これとこれください」

清士は白いもこもこの耳と、茶色の立ち耳を買って、白い方を真理へ差し出した。

「ほら。やっぱり兎はこれだろ」

「……一番コスプレっぽいやつ……。こんなのつけたら恥ずかしいよっ」

「何言ってんだ。一番かわいいやつを選んだのに。久しぶりに見たいな、真理の兎耳」

意地悪な清士の微笑《ほほえ》みから、昔のいじめっ子の面影が垣間《かいま》見える。ここで負けたら、いじめられっ子だった頃《ころ》の二の舞だ。

「わ…、分かった。つければいいんだろ、つければ」

「そうそう。兎は素直な動物だ」

「甘いな。兎もやんちゃな時はやんちゃなんだぞ。けっこう強い力で蹴《け》ったりするんだから」

清士の手から兎耳を奪い取って、嫌がらせに違いないそれを、頭につける。同じように茶色の耳をつけた清士が、似合わないそれを揺らしながら、携帯電話を持って待ち構えていた。

「やめろよっ。写真なんか撮るな」

「記念の一枚、欲しくないのか?」

「記念? 何の?」

「初めてのデートの」

「……へ……っ?」

びっくりし過ぎて、喉《のど》から変な声が出た。今、自分がものすごく間抜けな顔をしているのが分かる。

「清士、デートって言った――？」

「ああ。そうじゃなきゃ、お前に浴衣着てこいなんて言わないよ」

「な、な、何でっ」

「浴衣に兎耳は、兎月神社の夏祭りの定番だろ。…ったく、お前とデートするのに十年以上もかかった。夏祭りだけは年に一回やってもいいんじゃないか？」

真理の耳には、清士の言っていることが半分も入ってこなかった。デートという単語が、頭の中でぐるぐる回っている。

（落ち着け。真に受けちゃ駄目だ。これは手の込んだいじめ、高度な嫌がらせだ。俺の反応を見て清士はおもしろがってるんだ）

子供の頃のいじめの延長なら、過剰な反応をしてはいけない。清士は真理が慌てれば慌てるほど、いじめを加速させる意地悪な奴《やつ》だった。いじめに対抗するには、まともに相手にならずに平然としているのが一番だ。

「ふ、ふうん。清士は俺とデートしたいんだ？　大学に行って女の子にモテなくなったんだな。ザマミロ」

ははは、と清士は笑って、真理の攻撃を軽くいなした。

「そういうことにしといてやるよ。ほら真理、こっち向け」

「撮るなってば。後でいじめのネタにする気だろ」

「留学先の友達に自慢してやる。ジャパニーズ・マツリ・スタイルって」

「日本の祭りはみんなこうだって、外国の人が誤解しちゃうよ……っ。清士しつこい、こっち来るな」

白い兎耳を揺らして、真理は人混みの中を駆け出した。

やっぱり真理は、今もいじめられっ子から抜け出せない。丸め込まれて終わりだと諦《あきら》めて、すぐに清士から逃げてしまう。

(清士がデートなんて言うから、あいつの前でどんな顔していればいいか、分かんないよ)

浴衣を着ていても、兎耳をつけていても、幼馴染という関係は変わらない。それ以上でも以下でもない腐れ縁の仲なのに、デートと言われたら期待してしまう。これがいじめや嫌がらせじゃなかったらいいのに、と、叶《かな》わない望みを抱《いだ》いてしまう。

「冗談なら、冗談って言えよ。俺だけいつも、こんな……」

片想いをしているのは、自分だけ。真理だけがいつも空回りして、清士に振り回されている。

「不公平だよ。もう、嫌だ」

やけくそな気分で、真理は自分の頭の上に手を伸ばした。もこもこの兎耳を摑《つか》んで、乱暴に外そうとする。

「――おっと。かわいいからそのままにしてろ」

後ろから、強い力で手首を摑まれて、動けない。下駄を履《は》いているせいで、あまり遠くまで走れなかった。清士にすぐに追いつかれて、またいじめられる。

「急に走り出すなよ。迷子になるだろ」

「二十歳の男が迷子になんかなるか、このいじめっ子」

「何をいじけてんだ。分かったよ、もう写真は諦めてやるから、俺のそばにいろ」

「いちいち上から目線なんだよ、清士は。そういうとこ早く直せよな」

「はいはい。ごめんごめん」

「それっ、全然誠意がない。俺のことバカにしてるだろ」

「バカになんかしてない。真理と初めてのデートだから、ちょっと浮かれてるだけだ」

「……清士……っ、また……っ、デデ、デートじゃない。俺たち男どうしなんだぞ。変なこと言うなよ」

自分の言葉に、自分で傷付きながら、それでも真理は清士を拒むしかなかった。デートがしたい本当の気持ちを知られたら、清士に気味悪がられて嫌われる。だから真理は、清士を突っぱねるしかなかった。

「デートしたいなら女の子とすれば？　浴衣も兎耳も、女の子の方が似合うよ」

「真理以上にその耳が似合う奴はいないだろ。この間の飲み会のメンバー呼んで、見せびらかしたい」

「だから、そういう冗談やめろって」

「冗談だと思ってるのか？　じゃあ、もっとデートっぽいことしてやるよ」

「え――」

清士が不服そうに、唇を尖《とが》らせている。どうしてそんな、子供っぽい顔をするんだろう。少しだけかわいく思えてきて、目を逸《そ》らせないでいると、清士は摑んだままだった真理の腕を放して、手を繫《つな》いできた。

「な……っ！」

熱い。手が熱い。掌《てのひら》も指先も、清士の大きな手に包み込まれた全《すべ》てが熱い。

「バ、バカッ、何考えてんだ」

「へっへー」

「離せっ。家の近所なんだぞ、知り合いだらけなのに、誰かに見られたら……っ」

ぎゅっ、と強く手を握り締められて、真理は息を飲み込んだ。指と指の間に、清士の指が割り込んでくる。固く繫がれた手は、どんなに引っ張っても、振り払おうとしても、外れない。

「はぐれると困るから、このままな」

「でも、は…っ、恥ずかしいよ」

「大丈夫。周り見てみろ。俺たちのことなんか、誰も気にしてないから」

清士の視線を追い駆けるようにして、真理は沿道を見渡した。兎耳をつけた人々は、みんな祭りを楽しむことに夢中で、立ち止まった二人の脇《わき》をすいすいと追い越していく。肩や足がぶつかっても、邪魔そうに睨《にら》まれるだけで、みんな真理と清士が手を繋いでいることに気付かなかった。

「な？　大丈夫だろ？」

「う――、うん……」

「そろそろ河川敷の方へ大移動が始まるぞ。俺たちも行こう」

「もう花火大会始まる時間？」

「ああ。二人でいると、時間が経《た》つのあっという間だな」

「うん。俺も、そう思う。ケンカしてるうちに時間の感覚なくなるっていうか」

「――こんなのケンカじゃない。じゃれてるだけだろ」

「清士にはそうでも、いじめられっ子だった俺の感覚は違うんだよ」

「いじめてないし。機嫌直ったんなら、もう一個リンゴ飴買ってやるよ」

「今度はかき氷がいい。小豆《あずき》が山盛りのってて、練乳いっぱいかかってるやつ」

「うえええ。一口も食いたくないぞ、それ」

「うん。清士が絶対、『一口くれ』って言わないやつがいい」

「俺今、いじめられっ子の気持ちが分かったわ」

「やっとかよ。分かったら反省しろ、バカ清士」

繋いだ手の熱さを、少しでも気にしないでいられるように、真理は一生懸命おしゃべりになった。河川敷へ向かう人の流れに乗って、清士と二人で並んで歩く。花火大会の会場に着くまで、かき氷屋は何軒もあったけれど、真理も、何故《なぜ》か清士も立ち止まらなかった。

手を離したくない――。浴衣の袖の下で揺れている、二人の手。しっかりと清士に握り締められたままのそれを、真理は甘酸っぱく思った。

(清士の手、どんどん力が強くなってく)

指先が痺《しび》れて、少し痛い。真理も同じくらいの力で握り返すと、清士はぐいっと体ごと引き寄せて、まるで満員電車に乗っているような距離まで顔を近付けてきた。

「見物客でぎゅうぎゅうだ。絶対俺の手を離すなよ」

「うん……っ」

混雑がひどくなるごとに、押し合いへし合いして、二人は揉《も》みくちゃになった。河川敷の特等席は、朝から場所取りをしていた人々で完全に埋まっている。一歩も進めないくらい鮨《すし》詰《づ》めの状態になって、二人は立ち往生した。

「これ以上前に行くのは、無理そう。ここからでも花火見えるかな」

「座る場所もなさそうだ。真理、立ったままじゃ疲れるだろ」

「ううん、俺は平気」

二人の会話を遮るように、ドーンッ、ドーンッ、と轟音《ごうおん》が鳴り響く。それを合図に、近くの露店が一斉に明かりを落として、辺りは暗くなった。

「始まった……っ！」

夜空へと駆け上がった火の球が、弾《はじ》けたように花開く。白、赤、青、緑の大輪の花だ。一瞬で消える光の帯とともに、火花になって地上へ降り注ぐ。

「たーまやー！」

定番の歓声が、花火会場のあちこちから上がった。ドドンッ、ドンッ、ドドドドドッ、立て続けに放たれる花火に、歓声も否応《いやおう》なく大きくなっていく。

「今のでっけー、すごいな…っ」

「音が心臓にくる…っ、うわーっ、綺麗《きれい》だなあっ」

次から次へ、趣向を凝らした花火が上がるのを、真理は子供のようにはしゃぎながら眺めた。

「見に来てよかったろ？」

「え？　何か言った？」

花火の音で、互いの声がよく聞こえない。清士が、真理の耳のすぐそばで深呼吸する。

「ハ、ナ、ビ、見に来てよかったろ？」

「うん。清士、誘ってくれてありがと。前の花火大会も、清士の家族と、うちの家族、みんなで見たっけ」

「ああ。あの時も今日みたいに立ち見だった」

思い出話をしている間に、目まぐるしい連発の花火が一段落する。次は川の両岸にワイヤーを渡した、大がかりな仕掛け花火が点火された。川面《かわも》へと大量に噴射される火の粉が、まるで勇壮な滝のように見える、大迫力の花火だ。

「もっと近かったらいいのに——」

大群の兎耳に視界を遮られて、仕掛け花火がよく見えない。そう言えば、前の花火大会の時も似たような仕掛け花火があって、真理は肩車の上から見物したのだ。

「子供の時は、肩車をしてもらえたのにな。佑心《ゆうしん》にいちゃんが俺を乗せて、花火を見せてくれたの、よく覚えてる」

いじめっ子の清士から守ってくれる、佑心は真理の優しいヒーローだ。十歳上の清士の兄のことを、真理も自分の兄のように思って慕っていた。でも、真理が好きになったのは、ヒーローではなくて、いじめっ子の方だった。

「佑心にいちゃんは、いつも俺のことを気にかけてくれた。いっぱい話を聞いてくれたし、優しくしてくれた。今も優しいけど」

「十歳違ってたら、ちっちゃいガキを気にかけるのは、当たり前だろ」

「そういうんじゃなくて、佑心にいちゃんは、頼りになる俺のヒーローだったんだ」

仕掛け花火が、少しずつ火の粉の勢いをなくして収束していく。もう肩車に乗れないほど成長した真理は、少しでも花火が見えるように、背伸びをした。

「兄貴がヒーロー？　頭の中で美化してないか？　褒め過ぎだろ」

「ううん。今もちっとも変わらない、佑心にいちゃんは優しいおにいちゃんだ。俺はうんと小さい頃から、佑心にいちゃんに憧《あこが》れてたんだ」

一人っ子で育った真理の、幼い頃の願い。佑心のような兄がほしかった。だから、彼の弟の清士のことがとても羨《うらや》ましかった。

「――何だよ、兄貴のことばっかり。やっぱり真理は、俺より兄貴の方がいいのか」

「え？　いいとか悪いとか、俺は別にそんなこと言ってないよ？」

「思い出した。ガキの頃から真理はそうだったよな。俺といるより、兄貴と一緒にいる方が楽しそうにしてた」

「あ…当たり前だろ。いじめっ子と、いじめっ子から庇《かば》ってくれる人と、普通はどっちと一緒にいたい？　優しい佑心にいちゃんに決まってるだろ」

佑心のそばにいると、いつも真理は安心できた。でも、佑心と清士を比べたり、憧れと恋を混同したことは一度もない。

本当は清士と仲良くしたかったのに、彼に片想いをしたから、自分の気持ちを知られるのが怖くて距離を置いただけだ。

「俺は、真理のことを本気でいじめたことはない。お前に普通に話しかけようとしても、何か照れくさくて、そうするしかなかったんだ。分かれよそれくらい」

「清士…？　今更いじめの言い訳？　何で逆ギレして怒ってんだよ」

「怒ってないよ、くそっ」

吐き捨てるようにそう言うと、清士は真理の手を引っ張って歩き出した。腕が抜けそうなほど強い力で、人混みの中を掻《か》き分けながら、元来た方へと戻っていく。

「い、痛いよ、清士。離して」

「…………」

「清士……っ？」

二人のずっと後ろの方で、花火がまた打ち上げられる。背中から心臓を射貫《いぬ》くような轟音がして、真理はびくっと体を震わせた。

急に怒り出した清士は、真理の方を少しも振り向いてくれない。彼の黒髪や、Tシャツの逞《たくま》しい背中に、明滅する花火の光と宵闇《よいやみ》が交互に映り込んでいる。

無言のままで、どれくらい歩いただろう。いつしか見物客の姿はまばらになり、河川敷から遠く離れた場所まで来ていた。縁日の通りへと繋がるこの迂回路《うかいろ》は、二人にとって、とても懐かしい通学路だった。この道の先には、真理と清士が通った小学校がある。

「どこまで行くの？　清士、こっちは人通りがなくて、寂しいよ。——花火は見ないの？

なあ、清士」

「花火はもういい」

「本当にどうしたんだよ。俺…っ、お前を怒らせるようなことしたか？」

ついさっきまで、二人で綺麗な花火を見ていたのに。不安にかられて、足が縺《もつ》れそうになりながら、必死で清士のことを追い駆ける。

繋いだままの手は、石のように固くなっていて、もうあまり感覚がない。すると、街灯の明かりも届かない、通学路から逸れた雑木林の中に分け入って、やっと清士は歩みを止めた。

「清士、こんな暗いところ危ないよ。野犬とか出てくるかもしれないし、向こうに戻ろう」

「なあ。ずっと、真理に聞きたいと思ってた。お前は兄貴のことが好きなのか？」

一瞬、真理の頭の中が真っ白になった。青い月明かりに浮かぶ清士の顔は、見たこともないくらい真剣で、どこか痛むように険しかった。

「……好き……って……」

「もしそうならやめとけ。兄貴は結婚してるし、二人も子供がいる。好きになってもお前がつらいだけだ」

「な、何の話？　清士、何言ってんの？」

「ガキの頃から、真理は兄貴にべったりだった。今もそうなんだろ？」

「佑心にいちゃんのことは大好きだけど、別に変な意味じゃない」

「――大好きって、今言ったな。やっぱりそうか。真理のくせに、何を人の兄貴のこと好きになってんだよ」

意味の分からないことを言いながら、清士が怖い目をして迫ってくる。手を離して逃げようとした真理を、清士は大きな木の幹に追い詰めて、身動きを取れなくした。

「な、何、何だよ。さっきから変だぞ、清士。離れろよ」

「絶対に許さないぞ。兄貴だけは駄目だ」

「清士……っ⁉」

「俺の方が、兄貴よりずっとお前のことを見てきたのに。本当にお前のそばにいたのは誰だったか、ちゃんと考えてみろよ」

清士の声が、真理の耳の鼓膜を震わせた。彼の息遣いをこれ以上ないほど近くに感じて、どくんっ、と心臓が波打つ。鼓動を清士に聞かれるのを、恥ずかしいと思う暇もなかった。突然真理の目の前が真っ暗になって、浴衣の体ごと、清士の胸へと抱き寄せられる。

「……え……」

いったい何が起きているのか分からなかった。清士の両腕が、力強く真理を包んで離さない。浴衣越しに感じる彼の体温が、ひどく熱くて、そして怖かった。

ずっと好きだった清士が、体温が溶け合うほどそばにいる。どきどき、どきどき、ペースを上げていく鼓動を止められない。酸素が薄くなって、息ができない。

「真理——」

襟足の髪を握り締めながら、清士が切なげな声で名前を呼んだ。ぼうっとその声に意識を奪われかけた瞬間、真理は信じられないものを見た。清士の唇が、真理の唇にくっついている。まるでキスのように。

「んんっ？　ん……っ！　な…っ、だ、駄目……っ！」

どうして清士が、こんなことをするのか分からない。真理は半ばパニックを起こしながら、両手を突っ張って清士を押し戻した。

「真理、嫌がるなよ。もう一回させろ」

「だ、だ、だ、駄目、無理、ほんと、だめ。今の、なし。なしだからっ」

「さっきのじゃよく分からない。もっとちゃんとキスしたい」

「キキキキスって言うな！　耳が穢《けが》れる！」

「穢れ——？」

清士の唇に触れてはいけない。

触れたくて、触れられたくてたまらないけれど、駄目なのだ。

「頭、冷やせ。お前、俺に何したか分かってんのか」

「真理」

「近寄るな！　清士…っ、俺とこんなことしちゃいけない……っ」

清士とキスをしたら、清らかな体でいられなくなる。煩悩と欲望に穢れて、神事にふさわしい巫覡《ふげき》でいられなくなる。肉体的な接触は、穢れの最たるものだ。すぐに滝行をして浄めなければならない。

「真理、どうして俺のことを拒むんだ。俺は」

「うるさい、清士の話なんか聞きたくない」

「真理……っ」

清士にキスをされるなんて、思ってもいなかった。いや、あれがキスだなんて思いたくなかった。キスだと認めたら、またして欲しくなる。真理の本当の気持ちを止められなくなる。

「神事の前だぞ！　やっていい冗談と悪い冗談がある。か…っ、からかうのもいいかげんにしろ！」

パニックから立ち直れないまま、真理は無意識に、清士の頬《ほお》を叩《たた》いていた。掌に感じた痛みと、清士の頬に与えた痛みは等価のはずなのに、真理の心の中まで痛くなった。

真理は嘘《うそ》つきだ。清士を拒んだ言い訳を、神事のせいにしている。自分が傷付きたくないから、今のはキスじゃない、冗談だ、間違いなんだ、と、苦しい逃げ道を作っている。

「……結構、痛かったぞ。真理」

頬を拭った清士が、無表情を決め込んで呟《つぶや》いた。自分がしたことの重大さをやっと理解できたのか、清士の瞳《ひとみ》は揺れている。でも、彼はけして怯《ひる》んではいなかった。

「なあ真理。神事神事って、それより大事なものは、お前にはないのか？」

「え……」

「俺はお前のことを、からかった訳じゃない。さっきはお前に触れたくなったから、自分に正直に行動しただけだ。悪いか」

「な、何、開き直ってるんだよ。俺に触れたいとか、ほんとに冗談にしか聞こえない。そうじゃなきゃ嫌がらせだ。自分の都合で穢れを撒《ま》き散らすな」

「お前は神事のルールに雁字搦《がんじがら》めになってるくせに、兄貴にだけは懐いて、好きだとか言ってる。それも厳密に言えば穢れじゃないか」

「ち、違……っ。清士の言ってること、さっきから変だよ。おかしいって」

「おかしいのは真理の方だろ。お前の心の中は、兄貴に穢されてる。俺がその穢れを祓ってやるよ」

「清士？」

「真理の中から、兄貴を消してやる。だいたい、真理のくせに人を好きになるとか、生意気過ぎる」

「真理のくせにって、それやめろ。いつまでいじめっ子をやってるつもりだ」

「うるさい、いじめられっ子。——うさぎさんちのマリちゃん。昔みたいに、目にいっぱい涙を溜《た》めて、俺のことを見ろよ」

「……清士……っ、バカにするな。もう昔の俺じゃない」

「兎が俺に勝ったことが一度でもあるか？　お前は俺だけを見てろ。兄貴のことなんか考えるな」

「やめ――」

真理の声は、強引な清士の唇に掻き消された。声も息も奪い取って、清士がキスを仕掛けてくる。一度目のキスよりも、二度目のキスの方がずっと深かった。

いったい、これは何だろう。何故清士は、キスをするんだろう。ぐちゃぐちゃになっていく頭の中で、一生懸命考えているのに、清士が唇を動かすだけで、そっちに気を取られてしまう。

「んん……、ん……っ」

すぐに息が苦しくなってきて、頭の裏側まで酸欠で痺れてきた。必死で抵抗していた真理の手は、清士のTシャツの胸を引っ掻くだけで、何の効力もない。だんだんと唇の力も抜けて、弱々しく開いた歯列の奥へと、清士は熱く蠢《うごめ》くものをねじ込んできた。

「うぅ、んっ、んむ、……や、あ……、んぅっ……！」

それが彼の舌だと気付くまで、とても長い時間が必要だった。あり得ない。自分の口の中で、清士が暴れている。くちゅくちゅと濡《ぬ》れた音を立てて、彼の舌《した》が傍若無人《ぼうじゃくぶじん》な振る舞いをしている。

キスの衝撃に、小さく縮こまっていた真理の舌が、清士の舌に搦め捕られた。肉と肉が触れ合い、一つに混ざり合うような、穢れ切った行為。それなのに、互いの舌が熱く充血して、少しも離れようとしない。

（……これ……、駄目、だ。……めちゃくちゃ……っ。舌が絡まるの、気持ち、いい）

清士もそう感じているんだろうか。彼のキスはどんどん激しく、肉感的になっていく。彼と奏でる水音の一つ一つが、禁忌の穢れだ。いけない。止めなきゃ。逃げなきゃ。そんな意思を簡単に蹴散らすほどの、罪深い穢れだ。

がくん、と膝《ひざ》から力が抜けて、真理は立っていられなくなった。汗だくの浴衣の内側で、とんでもないことが起こっている。お腹《なか》の下の方に熱が集まって、真理の心をそっちのけに、欲情を兆《きざ》していた。

「ん…っ、は……っ。……せいじ……、んん、くっ」

「すごい。真理と、すごいキスしてる。息、切れそう」

「バカ――、実況、する、な」

いじめっ子のくせに、清士がらしくないことを言うから、もっと、もっとキスをしてほしくなる。清士のことをもっと求めて、キスより穢れることを、したくなる。

ずっと好きだった清士に、こんな風に触れられて、我慢できる自信がない。神事の戒めで自分を縛っていなければ、どこまでもどこまでも穢れて、清士以外のことがどうでもよくなってしまいそうだ。

「清士、も、やめよう。これ以上、穢れたら、俺……っ」

自制心を掻き集めて、真理は清士を拒んだ。でも、清士は切羽詰まったような顔をして、真理を誘惑する。

「禊《みそぎ》をすればゼロになる。今どんなに真理を穢しても、滝に打たれれば浄められるんだろ」

「う、ん。明日に、なったら、『御籠りの禊』だ。神事の日まで清士と会わない。『月の兎』の兎になるために、俺は滝壺《たきつぼ》の奥社《おくやしろ》に籠って、一人で、全ての穢れを断つんだ」

「くそ…っ。神事を楯《たて》に、俺から逃げる気かよ」

「そういう、決まりだから」

「俺にめちゃくちゃなキスさせといて、お前だけ冷静になるなよ」

冷静でなんか、とっくにいられなくなっているのに。清士は苦しそうに囁《ささや》くと、体をいっそう真理に密着させてきた。薄い浴衣の生地と、清士のジーンズとが擦《こす》れて、彼も欲情していることに気付く。

「清士――お前」

清士は下腹部を擦り合わせ、野性の動物のように腰を動かした。暴走を始めた清士の行為が、臆病《おくびょう》な真理を置き去りにする。

「も、駄目、清士、清士……！」

「……真理……っ」

「嫌だ。今なら戻れる……っ。やめて。俺は、できない。これ以上は、できないんだ」

清士への想いと、どうしようもない欲情と、穢れることの怖さが、真理の中で拮抗《きっこう》していた。僅《わず》かに残っていた理性で、真理は清士の体を突き飛ばし、いつまでも包まれていたい抱擁《ほうよう》から逃れた。

「ごめん。清士」

もっとキスを続けたい。清士から突然仕掛けてきたキスに、何か意味があってほしい。でも、長い片想いの果ての、気まぐれなご褒美だとしたら、二度と触れてほしくない。

「俺には、やらなきゃいけないことがあるから。お前もそうだろ。御兎様は、月から俺たちのことを絶対見てる。俺たちは、ふざけて遊んでる暇なんかない」

「遊んでる？　神事を控えてなければ、途中で止《や》めたりしなかった。遊びでキスができる訳ないだろ」

「清士……、それ、どういう意味？」

「ガキの頃、俺にいじめられたと思ってるお前は、俺のことを嫌ってるかもしれないけど、俺は違うから」

「え…っ？　清士、もう一回言って。俺に分かるように、ちゃんと言ってよ」

「だから、俺は――」

もどかしそうに、清士は唇を噛んだ。言葉を途中で飲み込んで、ぐしゃりと前髪を手で握り締めている。

「清士？」

近くの木に体を預けて、清士はずるずると座り込んだ。疲れ切ったように項垂《うなだ》れている。

「どうしたの。清士、具合、悪いの？」

顔を上げないまま、清士は緩く首を振った。強引なキスをしてきた彼とは思えない。とても落ち込んでいるように見えて、真理は戸惑った。

「大丈夫？　休むんならもっと明るいところへ行こうよ」

「——真理」

「何？」

「兄貴のこと好きなのか」

清士はまだ、変な誤解をしている。それだけは解いておきたくて、真理は語気を強めた。

「佑心にいちゃんのことは、本当のおにいちゃんみたいに思ってるだけ。俺は一人っ子だから、清士のことが羨ましかったんだ。兄弟がほしいって意味の、『好き』だよ」

「……そっか……、なら、いいや。訳分かんないこと言って、ごめん」

しょげた声で謝られても、清士のことが心配になるだけだ。強気の清士しか見たことがない真理は、どうしていいのか分からずに、彼のそばに立っていることしかできなかった。

「ちょっと、頭、冷やすわ。送ってやれないけど、一人で帰れるよな」

「う、うん……」

「先に行ってくれ。お前の姿が見えなくなってから、俺も帰るから」

「清士、でも」

「行けって。——お前がそばにいたら、またかまいたくなる。嫌なら早く帰れ」

座り込んだまま、清士はそれきり何も言わなくなった。立てた膝に顔を伏せて、まるで視界から真理のことを消してしまいたいように、固く目を閉じている。真理はさんざん考えてから、清士に従うことにした。

「分かった。じゃあ、帰るよ。さっきは、清士のことを叩いたりして、ごめんな」

「………」

清士の肩に触れようとして、躊躇《ためら》った手を、真理は引っ込めた。清士の緊張がびりびりと伝わってきて、触れてもいい状態じゃない。

「おやすみ、清士」

雑木林を通学路まで駆け戻って、昔、清士とランドセルを背負って歩いた道を、一人きりで歩く。少し進んでは、後ろを振り返って、真理は項垂れていた清士のことを思った。

「清士。さっきはどんな気持ちで、キスしたの——？」

何度も何度も、遠くから清士に問いかけて、確かめる勇気のない自分に溜息をつく。どうしてキスをしたのか、彼は一番大事なところを明かしていない。触れたくなったと脈絡もなく言われても、頭の中を整理できなくて、真理は混乱するばかりだった。

（あんな清士、初めて見た。さっきの清士は、俺が知ってるあいつじゃなかった）

強くて、いつも堂々としている清士しか知らなかったから、キスを止めたもどかしそうな顔も、力なく座り込んだ姿も、彼とはかけ離れた別人に見えた。

何かを言いかけて噤《つぐ》んだ清士の口を、無理矢理にでも開かせればよかった。彼が言葉を飲み込む前に、全部聞き出すことができたら、後になってこんなにぐるぐると悩むこともなかったのに。

（清士は俺に、何を言いたかったんだろう）

お互いのことを知り過ぎるほど知っていた、何でも言い合ってきた幼馴染《おさななじみ》の関係に、変化が訪れようとしている。

兄弟同然に育ってきた幼馴染に、普通はキスなんかしない。そんなこと、真理にだって分かる。

（キスしたかったのは、俺の方だ。清士は、俺の気持ちなんて、全然分かってない）

間違った片想いだと、清士に触れたい気持ちをずっと我慢してきたのに。同じ幼馴染で、どんなに慕って憧れていても、清士の兄の佑心とキスをしたいとは思わない。

花火を見ながら佑心のことを話していたら、清士は急に怒り出した。佑心のことを好きになるなと、変な誤解をして真理を牽制《けんせい》したと思ったら、今度はキスだなんて、清士の思考回路は矛盾《むじゅん》している。いや、破綻《はたん》している、と言った方が合っているかもしれない。

（清士のあの怒り方、ずっと昔に、見たことある。佑心にいちゃんと二人だけで遊びに行ったら、清士にばれて、めちゃくちゃ怒られたんだ。『俺に謝れ、ごめんなさいって言え』って。あれは――焼きもちだ。自分のにいちゃんを俺に取られたから、怒ったんだと思ってた）

さっきの清士も、子供の頃と同じ焼きもちを焼いていたのだとしたら、真理にキスをしようとするのはおかしい。怒っている相手に、普通は指一本触れたくないだろう。

「まさか……」

真理ははっとして、もう一度通学路を振り返った。カーブをいくつも曲がったから、清士と別れた雑木林は見えない。きっとまだ、木の根元に座り込んでいる彼へと、真理は心の中で問い掛けた。

（清士。清士は佑心にいちゃんに、焼きもちを焼いたの？　俺のことを、佑心にいちゃんに取られたと思ったから、怒ったの？）

そう考えたら、矛盾も破綻もなくなる。清士の中に、真理を想う気持ちがあれば成り立つ、不確かな仮説だ。

（嘘だ。ないないない。ないよ……、それは絶対、ない）

都合のいい仮説を立てた自分を、真理はすぐさま否定した。清士のことが好きだと、初めて自分の恋に気付いた時から、実らない片想いだと諦めている。清士に知られないように、必死になって隠してきたのに、今更小さな期待に縋《すが》りたくない。

でも――、期待に縋ってしまう気持ちも、真理の心の中に確かにあった。もし、仮説が仮説で終わらなかったら、どうしたらいい。清士の本当の気持ちが知りたい。彼が飲み込んだ言葉の先を、教えてほしい。

「……御月様、俺は、混乱してます。清士とキスをしたから、困ってます」

藁《わら》にも縋る思いで、真理は夜空を見上げた。僅かに欠けた、満月の月齢が近付いた月が、迷える兎の真理を銀色の光で包んでいる。

その月に昇天した御兎様は、いつでも優しく、真理のことを見守るだけだ。神様に片想いを解決してもらおうなんて、虫がよすぎる。

まだ続いている花火の音を、耳の端っこで聞きながら、真理は一人で兎月神社に帰った。縁日の露店はもう店仕舞いの時間で、沿道にあれほど伸びていた見物客の行列も、すっかり解消されていた。

「真理、帰ったか」

「随分と早いお戻りではないか。さては清士とケンカでもしたな？」

「……ハツ、マツ」

夕方、清士と待ち合わせをした狛兎の石像の前に、ハツとマツが立っている。千里眼で地獄耳の、何でもお見通しの神社の守護者に、隠し事はできない。それに、真理が清士のことを相談できる相手は、この二人しかいなかった。

「ケンカ、っていうか、ちょっと、あいつのそばにいるの、気まずくなって」

「ふむ。――清士の匂いが、お前の浴衣に染みついておる。ここまで強く残っておるのは、初めてだ」

「え…っ」

徐《おもむろ》に、ハツとマツは鼻先を真理の体に近付けて、くんくんと匂いを嗅《か》いだ。

「この匂い――口吸いをしたな。だが、そこから先は進んでおらぬ。寸止めというやつだ」

「おお、清士の奴め、一丁前に真理を抱擁したようだぞ」

「そこまでしておいて、何故浴衣を脱がさぬ。ええい、意気地なしめ」

「匂う匂う、ぷんぷんしておるわ。じれったい幼馴染どもの乳臭い匂いだ」

「や、やめろよお前らっ、離れろっ」

見た目はほんの子供の二人が、きわどいことを言っていると、ブラックジョークにしか聞こえない。真理は逃げるように参道の石段を駆け上がった。

「真理、何を照れておる」

「ついてくるな。お前たちなら力になってくれると思った俺がバカだった。シャワーを浴びて、今日はもう寝るっ」

「待て待て。神事を控えたお前に、その匂いは穢れだ。身に纏ったまま境内に立ち入ってはならぬぞ」

「手水舎でまずは身を浄めよ。御兎様にお縋りすれば、お前の荒くれた胸の内も、いくらかは静まるのではないか？」

「――困ったときの神頼みか。俺はこれでも巫覡なのに、情けない」

真理は手水舎の澄んだ水で手と口を漱《すす》ぎ、何千人も訪れた今日の参拝客たちのように、拝殿の鈴を厳かに鳴らした。二礼二拍手の作法で祈っている間、ハッとマッは賽銭箱《さいせんばこ》の前で両手を出している。神道には存在しないはずの天使のような笑顔で、賽銭をおねだりしているのだ。

「さあ真理、お前の腰元の信玄袋の中から、ありったけを」

「我らが直々に御兎様にお届けするゆえ、さあさあ、ありったけを」

「お前ら絶対、お賽銭を自分の懐に入れる気だろ」

「信用が足りぬのう」

「お前が生まれる前からそばにおるというのに、我らを信じられぬとは何事だ」

「…ったく、お調子者なんだから」

真理は信玄袋から財布を出して、二人にそれぞれ、五円玉を握らせた。五円玉の色が昔の小判に似ているとかで、百円玉や五百円玉よりも、二人のお気に入りなのだ。

「やったぞ、ハツ、五円だ！」

「跳ねるぞ、マツ。真理に良きご縁がありますように！」

くるん、くるん、宙を飛んだり跳ねたりして、狛兎たちの喜びの舞が始まる。縁結びの祈りの舞でもあるそれは、宮司が祈禱《きとう》をする正式参拝の時にも、人知れず二人が踊っているものだ。

宙返りやバック転を軽々とこなす、アクロバティックで見事な舞なのに、真理しか楽しめないのはもったいない。他の人間の目にも、踊る二人の姿が見られればいいのに。

「ハツ、マツ、お前たちの力で、参拝者の前に姿を現すことはできないの？」

「それは我らが望まぬ」

「この姿でなくとも、ノウサギの姿に化ければ、いつでも人と触れ合えるからの」

「どうして。お前たちの舞を見たら、みんなすごく喜ぶと思う。ありがたいって、きっと言ってもらえるよ」

「真理」

とんっ、と跳ねたハツとマツが、真理の両肩に着地する。慣れ親しんだ定位置で、二人はすりすりと真理の髪に頬を寄せた。

「人は目に見えぬ存在に、畏敬の念を抱く者たちだ。我らはこのままでよいのだよ」

「お前の父がよい手本だ。我らの姿が見えずとも、毎日の拝礼を欠かさず、参道を掃き清め、我らの石像を磨いてくれる。それゆえ、宮司の務めに障りがないよう、我らも全力でお前の父を支えておるのだ」

「俺にも、父さんみたいに、お前たちの姿が見えなくなる日がくる？」

「分かっておろう。我らは、宇佐木家の清らかな巫覡の前にだけ現れる。お前が巫覡でなくなった時が、我らとの別れの時だ」

「巫覡で、なくなった時」

「お前の父は、お前の母との婚姻《こんいん》を機に、巫覡の資格を返上した。はてさて、お前はどんな伴侶《はんりょ》に恵まれることか」

「真理、伴侶は等しく、想い想われる相手でなくてはならぬぞ」

「ハツ」

「しかし、お前が心に決めた相手であるなら、我らは喜んで寿《ことほ》ぎの舞を踊ろう」

「マツ」

「いかにも。たとえそれが、お前と同じ男子《おのこ》の、ガキ大将の幼馴染であろうともな」

「……お前たち……」

訳もなく、鼻の奥がつんとして、真理は泣き出しそうになった。ハツとマツは、もうとっくに分かっている。真理の片想いが叶った時が、真理と狛兎たちとの別れの時だということを。覚悟を決めなければならないのは、真理の方だ。

「お前たちと、こうして話せなくなるのは、嫌だよ。五円も手渡しできなくなる」

「ふふ。お前の父も、祝言《しゅうげん》を挙げる直前までそのようなことを言っておったわ」

「姿が見えずとも、我らはいつでも真理のそばにおるぞ。お前が泣けば頭を撫で、笑えばともに笑ってやる。何一つ、変わることはない」

「――うん。ありがとう、ハツ、マツ」

溢《あふ》れる寸前だった涙を、真理は無理矢理飲み込んだ。ぐす、と洟《はな》を啜《すす》って、狛兎たちの柔らかい髪を撫でる。

「本当に、さよならじゃない？　お前たちはずっとここにいるって、約束してくれる？」

「兎月神社は御兎様の懐、我らの住処《すみか》だ。どこにも行かぬよ、真理」

「愛い《う》奴。早う恋を叶えて、幸せになおなり。いつまでも我らの姿が見えておっては、かえって心配になるわ」

「いいや、それでもかまわぬのだ。全ては、真理の思うままにすればよい」

「俺の思うまま――」

「人は命あるうち、幾度も迷い、立ち止まり、悩むもの。それは生き方を己で選べることの裏返しなのだ」

「我らはこの先も変わらず、お前を見守っておるよ。夜空の上の、あの御月様のようにな」

子供にするように、よしよし、と二人に撫でられて、真理はまた洟を啜った。

真理が恋を叶えたら、巫覡ではいられなくなって、ハツとマツは消えてしまう。でも、清士を想う気持ちを止めることはできない。とても大きな選択肢を前にして、真理は答えを出せずに、立ち竦《すく》んだ。

空の月は少しずつ西へと傾いて、夏祭りの夜が過ぎていく。真理が兎に扮《ふん》し、清士が帝《たい》釈《しゃく》天《てん》を演じる『月の兎』の神事。清士と気まずくなったまま、神事の始まりまで、時間はもういくらも残ってはいなかった。

四

岩肌を流れ落ちる水が、滝壺に吸い込まれて白い泡を立てている。ドウドウ、と絶え間ないその水音を、滝壺の畔《ほとり》にある小さな社殿の中で聞きながら、真理は眠りから覚めた。

茂った木々の葉の匂いと、水の匂いに混じった、朝の気配。自然に囲まれ、孤独な状態に置かれると、人間は五感が研ぎ澄まされる。社殿に籠って祝詞《のりと》を上げ、日に何度も滝に打たれた、『御籠りの禊』で洗い清められた真理の心身は、まっさらな白砂のように澄んでいた。

世俗の穢れを避け、雑念を払うための儀式は、頭の中を空っぽにするのにちょうどいい。『御籠りの禊』の間じゅう、真理は清士のことも、彼としたキスのことも、考えないでいられた。

神様の力に縋って、祈りを捧げることで救われる。『御籠りの禊』は、人間がちっぽけで弱い存在であることを思い知るために、神様が課した試練なのかもしれない。

「——真理、起きているか？」

社殿の外に、人が集まる気配がする。山の入り口で、三日三晩見張りをしていた神職たちが、真理を迎えに来た。宮司の正装を纏《まと》った真理の父親が、紙垂《しで》が揺れる大幣を振って、社殿の扉をそっと開ける。

「おはよう。そろそろ表が明るくなってきたぞ」

「うん……。おはよう、父さん」

「白湯《さゆ》を飲んだら、仕上げの滝に打たれてきなさい。今日までよく励んだな」

「うん。案外、あっという間だったよ」

父親が差し出した白湯の湯呑《ゆの》みを、真理は恭《うやうや》しく受け取って、一口飲んだ。文机と寝具しかないこの社殿に籠って、丸三日。穢れから遮断されていたはずが、温かい白湯で体が潤うと、途端に心も緩んでくる。

（今日はやっと、清士に会える）

湯呑みに触れた唇に、清士のキスの熱が蘇《よみがえ》ってきて、困った。業《ごう》の深い片想いを、心の奥に封じ込めて、今日は神事に臨む。東の空に満月が昇るのを、神事に携わる全ての人々が、粛々と待っていた。


夏祭りの花火大会が、地元の人々のイベントだとしたら、『月の兎』の神事は、兎月神社の氏子たちのための大祭だ。

最初の神事の日から数えて、十日間も篝火《かがりび》を焚き続けている神社の境内は、静寂した空気に包まれていた。禊を済ませた氏子たちが、拝殿の前に集まって御兎様に祈りを捧げている。拝殿の奥にある本殿では、注連縄《しめなわ》の首輪をつけた五羽の兎が、御饌《ぎょせん》のニンジンをおいしそうに食べていた。

祈りを終えた氏子の代表者は、神職たちとともに参道を下り、香明寺《こうめいじ》の山門へと赴《おもむ》く。帝釈天が安置されている御堂へ参拝し、神事のために兎月神社へお越しください、と、供物を捧げてお願いをするのだ。

「――兎月の氏子一同より、麻の布、柿の杖《つえ》、具足一式、ここに納め奉ります。今宵、望月の大祭に、どうぞ御身に帯びてお渡りください」

畏《かしこ》まった氏子の声が、御堂の格天井に反響している。香明寺の僧職と兎月神社の神職が居並ぶ、独特の雰囲気の中で、真理も巫覡として同席していた。

普段は御堂の扉を固く閉じて、一般公開されていない帝釈天の立像のそばには、住職の佑心と清士が控えている。佑心は紫の法衣に錦糸の袈裟《けさ》、清士は白の法衣に身を包んで、二人とも静かな表情をしていた。

(清士、法衣も似合うんだ。背筋が伸びてて、姿勢も綺麗だな。清士のああいう姿、全然、知らなかった)

帝釈天を詣《もう》でているのに、真理は貴重な立像よりも、清士のことで頭がいっぱいだった。花火大会の夜、彼を一人にしたことを後悔している。二人で話したいことがたくさんあるのに、ぴんと張り詰めた御堂の空気は息苦しく、真理を萎縮《いしゅく》させていた。

（勝手に声をかけていい場所じゃない。神事を終えるまでは、俺も巫覡の役目に集中しないと——）

清士の表情からは、あのキスのことをどう考えているのか、読み取ることはできない。真理がじっと見つめても、清士は眉《まゆ》一つ動かさず、自分の務めを果たしている。そんな彼の姿を立派だと思えば思うほど、真理は逆にもどかしさが募って、袴《はかま》の膝をぎゅっと握り締めているしかなかった。

清士は氏子と神職に深々と頭を下げると、奉納された供物を盆にのせて、御堂の奥へと消えていった。彼は今から法衣を脱ぎ、神事のための装束に着替えて、帝釈天に変身する。着替えをする姿は秘中の秘で、誰も覗《のぞ》き見をしてはならない。

「それでは、今宵観月の鳥居より、天帝様がお渡りになります。氏子衆には古式に則《のっと》り、恙《つつが》なくお迎えいただくよう、香明寺よりお願い申し上げます」

住職と礼を交わし、御堂を後にする神職たちの列の最後に、真理も加わった。儀式と祭礼が分刻みで進む今日は、ひとところに腰を落ち着けている余裕もない。禊の甲斐《かい》もなく清士のことばかり考えてしまう自分には、むしろそれくらいの方がいいと、真理は溜息をつきながら思った。

この日の満月は、鎮守の森の獣道さえ照らし出すほど、皓々《こうこう》とした月だった。雅楽器の笙《しょう》の音が、兎月神社に集った人々を、束《つか》の間の幽玄の世界へと導いている。

玉砂利の境内に、歌舞音曲を奉納する神楽殿を模して、篝火で囲った舞台が設《しつら》えられていた。神妙に雅楽に耳を傾ける氏子たち、熱心な参拝者、そして多くの見物客と、舞台は二重三重の人垣ができている。宮司を筆頭に神職たちが座す一角には、竹で編んだ籠《かご》が五つ置かれ、神事の『五兎』がその中で鳴き声を立てていた。

「――真理ちゃん、僕たちの出番まだー？」

「しっ。狐《きつね》さん、静かに」

拝殿の左右両側に伸びる、長い翼廊の内側で、真理は人差し指をそっと唇の前に立てた。舞を披露する巫女や謡《うた》い手の楽人たちでいっぱいで、翼廊はとても熱気がこもっている。

「満月がだいぶ、鳥居のてっぺんに近付いてきた。もうすぐだよ」

「お腹すいちゃった。この栗《くり》の実、食べてもいい？」

「駄目。それは猿さんの帝釈天への捧げ物だし、生で齧《かじ》ったらお腹を壊すよ。後でごちそうが振る舞われるから、我慢しようね」

「はーい」

「はーい」

さすが、香明寺で育った子供は聞き分けがいい。猿と狐の耳をつけ、動物に見立てた装束を着た二人は、佑心の息子たちだ。昼間は法衣で御堂にいた佑心が、今はパパの顔をして、初めて神事に臨む二人のことを励ましている。

「さあ、背筋を伸ばして、顎《あご》を引いて。耳はちゃんと立ってるか？」

「うんっ、立ってるー！」

「真理ちゃんの耳も立ってる？」

「立ってるよー」

頭の上の兎耳を、ぴん、と指で弾《はじ》いて胸を張る。夏祭りのおもちゃの耳じゃない、神事に用いる本物の兎耳だ。

「よし、そろそろお前たちの出番だぞ。狐と猿は、兎さんの友達だ。三人で手を繋いで、仲良く境内の真ん中へ行きなさい」

「はーいっ。うさぎの真理ちゃん、手を繋ごう？」

「ぎゅーってしよう？」

「うん。――それじゃあ、佑心にいちゃん、この子たちを少し借りるね」

「ああ。『月の兎』は真理にしか担えない神事だ。しっかりな」

「ありがとう。行ってきます」

境内に鳴り響く笙の音色が、夜風に溶けるようにして消えていく。替わって、打楽器の鞨《かっ》鼓《こ》の軽快な連打が、見る者たちを幽玄の世界から、親しみのある民話の世界へと誘《いざな》った。

「おいで。狐さん、猿さん」

開け放たれた翼廊の扉から、子供たちと両手を繋いで、真理は舞台の方へと飛び出した。

待ってましたとばかりに、見物客から拍手や歓声が起こる。

「『月の兎』だ！　御兎様に生まれ変わる兎だぞ！」

「兎さんだけ随分大きいねえ」

「佑季《ゆうき》くん、佑弥《ゆうや》くん、がんばって！」

小学校の友達から声をかけられて、二人は照れくさそうに真理を見上げた。

今、舞台は狐と猿と兎が楽しく暮らす山里だ。歓声に手を振り返してもいいし、ぴょんぴょん飛び跳ねて遊んでもいい。真理は二人を両腕に抱え上げて、遊具のようにくるくると回った。

「あはは、早い早ーい」

「いいぞー、兎ー！」

見物客の盛り上がりは、雅楽者や氏子の間にも広がり、動物たちの和やかな山里の風景が作り出されていく。『月の兎』の神事は、簡単に言えば寸劇なのだ。

シャン、シャン、シャン、シャリーン。巫女たちが鳴らす鈴が、いよいよ神事の最重要人物の訪れを告げる。参道に建つ一の鳥居と二の鳥居の真上に、満月が位置したその時、兎月神社の境内に月光が満ちた。飾り気のない麻の布を纏い、粗末な柿の杖を持った人が、狛兎に先導されて姿を現す。

（清士。ハッとマッを従えて、やっとお出ましだな）

フードのように目深にかぶった布は、清士の顔のほとんどを覆い隠していた。藁で編んだ草履《ぞうり》で玉砂利を踏み締め、舞台の方へ向かってくる彼。清士との距離が縮まるごとに、鈴の音が真理の鼓動とシンクロした。

——山里に、銀色の美しい満月が浮かぶ夜。狐と猿と兎は、旅の老人と出会う。ひどく貧しく、汚れた身なりをした老人は、今にも力尽きて倒れてしまいそうなほど衰弱し切っていた。不憫《ふびん》に思った狐と猿と兎は、それぞれに食べ物を探し、老人へと捧げた——。

「旅の御方、どうぞ、川の幸をお食べください」

「どうぞ、山の幸をお食べください」

——老人へと、狐は川で獲《と》った魚を差し出した。先を争うように、猿は山で採った木の実を差し出した。でも、か弱い兎は、魚も木の実も手に入れることができない。兎は野を駆け回り、枯れた小枝を集めてきて、狐と猿に言った——。

「友よ、お願いがあります。ここに小枝を積み上げ、火を焚いてください」

狐と猿が頷《うなず》くと、大きな輪の形に組んだ枯れ枝を、氏子たちが舞台の中央へと運んでくる。松脂《まつやに》の匂いのするそれに、巫女に手助けをされて、狐と猿が篝火を翳《かざ》した。

ゴウッ、と燃え移った火は、瞬《またた》く間に火の輪となって、赤銅色の影を空へと伸ばす。夜風の吹き抜けた鎮守の森が、まるで生き物が蠢くようにざわざわと騒ぎ出し、境内に息詰まる緊張を生んだ。

神事のクライマックスがやってくる。火の輪を真ん中にして、兎の真理は、老人に身をやつした清士と対峙《たいじ》した。火の粉を吹き上げ、燃え盛る輪は、容赦なく真理の恐怖心を煽《あお》っている。

（火があんなに大きく――。怖いよ……、足が、動かない……っ！）

体じゅうを冷たい汗に覆われ、真理は立ち竦んだ。怖くて、怖くて、かたかたと震えている肩に、神事の重圧がのしかかる。兎の巫覡から逃げることも、抗《あらが》うこともできない真理を、火炎の向こう側から清士は見つめた。

「真理」

麻の布をずらし、火の前に顔を曝《さら》した清士は、真理の名前を呼んだ。楽人の歌声と雅楽器の奏曲が、清士の声を打ち消しているはずなのに、真理の耳には確かに届いた。

「怖くない。俺のところに、飛び込んでこい」

清士がゆっくりと両腕を広げ、真理のことを待っている。項垂れて木の根元に座り込んでいた、花火大会の夜の清士とは違う。凛《りん》とした瞳で、自分のことだけを見つめている彼の姿に、真理は心を奪われた。

（清士、清士がそこにいてくれるなら、俺は何も怖くない）

血の気を失っていた真理の唇に、熱と、そして力が宿る。意を決した真理は、油に見立てた桶《おけ》の水をひといきに浴びて、ごうごうと燃え盛る火の輪へと向き直った。

「旅の御方、私には何も捧げる物がありません。どうぞ、私のこの身を食べてください」

境内にいる誰もが固唾《かたず》を飲んだ一瞬、真理は地面を蹴《け》って駆け出した。赤銅色の火が視界を埋め尽くす。その向こうに立つ清士へと、真理は両手を伸ばした。

――跳ねた兎は、狐と猿の目の前で、火の中へと飛び込んだ。炎熱の苦悶《くもん》が兎の肌を裂き、肉を焦がす。自ら捧げ物となった兎を、老人は腕に抱き上げ、尊き正体を曝した。天上の帝釈天であった老人は、兎の真心に打たれ、永遠の命を与える。帝釈天の慈愛と導きにより、月へと昇った兎は、御兎様と呼ばれる神となった――。

「真理……っ！」

火の輪をくぐり抜けた真理を、清士の力強い腕と胸が抱き留める。わあっ！　と境内に上がった歓声も、雅楽器の音色も、真理には聞こえなかった。清士の声と、激しく打ち鳴らす二人の鼓動と、息遣い。ずっと想い続けてきた清士を抱き締め返して、真理は囁くように言った。

「火、怖くなかった。兎を、やり遂げられたの、清士の、おかげ」

「真理、――真理」

「清士、神事を締めくくって。俺もう、一歩も動けないから、後は、頼んだ」

「ああ。真理、任せとけ」

ぎゅうっ、と息ができなくなるほど強く抱き締めて、清士は真理の体を、麻の布でくるんだ。清士が布の下に纏っていた甲冑《かっちゅう》と武具が、満月の光を浴びて、彼が帝釈天であったことを人々に知らしめる。

「健気《けなげ》な兎よ、お前をあの望月《もちづき》へ連れて行こう。お前は潰《つい》えぬ命を与えられて、天の餅《もち》をつく神兎となるのだ」

粗末な柿の杖を、立派な金剛杵《こんごうしょ》に持ち替えて、清士はそれを月へと掲げた。宮司が祝詞を朗々と上げる中、清士のもとへと、籠に入れられた『五兎』が運ばれてくる。清士は月光を蓄えた金剛杵で、まず真理の額に触れ、次に兎たちの額に触れた。帝釈天の力によって、功徳を分け与えられた『五兎』は、御兎様の化身となる。この儀式を以《も》って、神事は厳かに締めくくられた。

(終わ……っ……た……)

巫覡の役目を務め上げ、緊張からやっと解放された真理は、ぐったりと体の力を抜いた。頼り甲斐のある胸に凭《もた》れて、最後の奏曲を聞きながら、精悍《せいかん》な清士の横顔を仰ぎ見る。

「かっこ、いいな」

清士の前では、ずっと意地を張って、素直になれなかった。でも、甲冑をつけた勇壮な帝釈天の姿をした彼にならら、やっと言える。

「大好きだよ。清士」

ふと、清士の瞳がこっちを向いた気がした。でも、疲れ果てた真理には、それが本当に気のせいだったかどうか、確かめることができなかった。

「真理……？」

眠るように気絶した真理を、清士が小さな声で呼ぶ。夏の夜の満月を讃《たた》える雅楽と、鎮守の森のさざめきの中で、十数年ぶりの神事が幕を下ろしていく。揺さぶられても、頬を撫でられても、安らかな顔で瞼《まぶた》を閉じた真理は、目を覚まさなかった。


瞼の裏側に、柔らかな光を感じて、真理は身動《みじろ》ぎをした。夏用の薄い寝具が、さらりと乾いた音を立てて、真理の頬を撫でている。

「ん……、……何時……？」

自宅の部屋のベッドのつもりで、目覚まし時計を探して手を伸ばしたら、固い床の感触が指先を震わせた。

辺りに漂う、懐かしいこの香りは何だろう。瞬《まばた》きをしたものの、自分がどこにいるのかよく分からない。梁《はり》の露出した高い天井を見て、真理はやっと、神社の建物の中だと気付いた。

「社務所だ。どうして俺、こんなところに」

何日も続けて祭礼や儀式をすることもある神職のために、社務所には休憩ができる控え室を設けている。夏祭りには巫女の更衣室に使われていたそこで、真理はレトロな蚊取り線香の香りを浴びながら、一人で眠っていたのだ。

（清士がここまで運んでくれたのかな。あいつの前で気絶するなんて、恥ずかしい）

曖昧《あいまい》な記憶でも、火の輪をくぐって、清士のもとへ飛び込んで行ったところは、よく覚えている。清士に抱き締められた感触が、真理の体にしっかりと残っていて、くすぐったくて思わず寝具を掻き寄せた。

「清士の帝釈天、もっと見たかった。兎の俺のことを、ちゃんと受け止めてくれたんだ。清士と神事ができてよかった――」

清士がいなかったら、火の輪の恐ろしさに負けて、神事をまっとうできなかったかもしれない。照れくささと、誇らしさが混じったこの気持ちを、清士に伝えたくてたまらなくなって、真理は床から跳ね起きた。

帝釈天の大役をやり遂げた清士は、きっと今頃、氏子たちのもてなしを受けているはずだ。神事の後には、必ずお酒とごちそうが振る舞われる。神様も人間も、宮司も氏子も同じものを食べて、みんなで神事の労をねぎらうのだ。

「あ…っ、今ぐうって鳴った」

ずっと精進料理ばかり食べていたから、肉と魚が恋しくて、真理のお腹はそろそろ限界がきている。兎のままの装束を先に着替えるか、とにかくまず食欲を満たすか、結構真剣に考えていると、社務所のどこかから声がした。

「真理！　――真理！」

「いつまでそこにおる！　真理、早う来てくれ！」

「ハッ？　マツ？　…ど、どうしたの。どこにいるんだよ、お前たち」

辺りを見回しても、狛兎たちの姿はなかった。やけに切迫した二人の声だけが、社務所の天井に跳ね返っている。

すると、今度は枕元で突然、真理の携帯電話の呼び出し音が鳴り始めた。神事の時は持っていなかったから、家族が気を利かせて置いてくれたんだろう。

「ごちそうなくなるよって、連絡してくれたのかな。――え？　稜《りょう》くんからだ」

この間、居酒屋で久々に会った地元の友達から、SNSに書き込みがあった。「これ神社の兎じゃない？　ヤバイよ！」という稜介《りょうすけ》のメッセージとともに、貼り付けられていた動画を見て、真理は戦慄《せんりつ》した。

「何だ、これ……っ」

――うさちゃん、はっけーん。

ふざけたタグをつけて、兎の動画が流れている。ライブ中継されているのは、注連縄の首輪をつけた、白い五羽の兎。この兎月神社にしかいない、神事の『五兎』だ。動画を配信している相手は、わざと画面にナイフをちらつかせて、残酷な閲覧数が跳ね上がっていくのを煽っている。

「くそっ！　ふざけんな！」

真理は携帯電話を放って、社務所の外へと駆け出した。裸足《はだし》のまま境内を突っ切り、『五兎』を安置している本殿へと一気に駆ける。

御兎様の化身になった『五兎』は、神様に等しい、絶対に傷付けてはいけない兎だ。兎月神社の氏子たちや、お守りやお札を授けた全ての人たちの幸福を祈願する兎に、刃物を向けるなんて許せない。

「神様がいらっしゃる場所に、犯罪者は立ち入るな！」

神職や氏子も普段は入らない、この神社で最も清浄な本殿の扉が、無造作に開けられている。真理は神域を冒すことを御兎様に謝りながら、本殿へと踏み込んだ。

「そこにいるのは誰だ！　今すぐやめろ！」

蠟燭《ろうそく》の明かりしかない、薄暗い本殿の奥に、黒い帽子を目深にかぶった男が潜んでいた。男のそばには、ハツとマツがいる。槍《やり》を持った狛兎たちは、『五兎』を背中にかばって、懸命に護《まも》っていた。

「ハッ、マツ！　無事か！」

「真理！　此奴《こやつ》は魔物だ！　性根の腐った臭いを噴き出しておる！」

「『五兎』は我らが守護するゆえ、此奴を早う、本殿から叩き出せ！」

男が手にしているナイフが、本当に怪しい魔物のようにぎらついている。携帯電話の仄白《ほのじろ》い画面に映った、怯《おび》える兎たちの姿が、真理の怒りに火を点けた。真理は反射的に男へ飛びかかると、携帯電話を手元から払い落とした。

「な…っ、何だお前……っ！　配信中だぞ！　一万人のフォロワーが期待してんだぞ！」

いったいその一万人が、何を期待しているのか、真理は想像するのも怖かった。

世の中には神様の存在を信じない人もいる。神様に仕える者の存在も、無価値だと思っている人がいる。でも、不信心と、動物を傷付けることは、イコールじゃない。この男は異常な犯罪者だ。

「ここをどこだと思ってる！　出て行け、このばちあたり！」

「くっそ…っ、どけよ！　兎の次は人間をやっちまうぞ！」

「神域で何てこと言うんだ、今すぐ取り消せ……っ！」

「どけっつってんだろ！」

シャッ、とナイフが宙を切り、鋭い刃先が、真理の装束の袂《たもと》を裂いた。だらりと垂れた袖から、真理の腕が露《あら》わになる。もう少し刃先が深く触れていたら、きっと切られていた。

「おらァ！」

「うあ…っ！」

「真理――！」

怯んだ隙に、真理は当て身をくらって倒れ込んだ。本殿の床が軋《きし》み、臆病な兎たちがパニックを起こして暴れ出す。

「邪魔すんなよ。おい、俺は神だぞ」

男は携帯電話を拾い上げると、倒れ込んだままの真理に馬乗りになって、ナイフを構えた。携帯電話の無機質なカメラが、闇色をした男の瞳と同化して、真理をねめつけている。

「……神……？」

「俺の信者が、兎が死ぬのを見たいんだと。真っ赤なペンキじゃつまんないって、もうフォローしないってうるせーんだよ」

「やっぱり、あのペンキもお前か。お前は神じゃない。本当の神様は、信者に祭り上げられて喜ぶような、俗なものじゃない！」

「訳分かんね。――お前、邪魔。兎より先に死んじゃえ」

死んじゃえ。死んじゃえ。男を神扱いする信者たちが、携帯電話に繋がっているネットの向こうから、囃し立てている気がした。

男が振りかぶったナイフが、真理の顔を目がけて迫ってくる。ハッとマツの叫びと、兎たちの悲鳴が夜を劈《つんざ》いたその時、本殿へと誰《だれ》かが駆け込んで来た。

「真理！」

「……清士……っ」

Ｔシャツの逞しい腕が、後ろから男を羽交い絞めにして、動きを封じた。骨が折れる寸前まで捻《ひね》り上げられた男の手から、凶悪なナイフと携帯電話が零《こぼ》れ落ちる。

「……くそっ！　離せ、よ。邪魔ばっか、すんなよ！」

「黙れ。――真理、大丈夫か」

「うん……っ」

清士の顔を見た途端、気が緩んで泣きそうになった。どうして彼がここにいるのか、そんなことどうでもいい。ナイフから守ってくれた、勇敢な清士に、真理は心を全部持って行かれた。

「真理、神社のどこならこいつをぶん殴《なぐ》っていい？」

「本殿の外ならいい。御兎様も、今夜は目を瞑《つむ》ってくれるよ」

「ああ。神事が終わったばかりの夜に、とんでもない奴だ」

清士は男を羽交い絞めしたまま、遠くの方へナイフを蹴った。広間でごちそうを食べていた神職や氏子たちが、騒ぎに気付いて駆けつけてくる。

「真理⁉　清士くん！　いったい何事だ――」

「父さん、兎たちが……っ。こいつが御兎様の化身に手を出そうとしたんだ」

「誰か、警察に連絡を！　神社の何たるかを知らない、不心得者は許さんぞ」

神域を踏み荒らし、『五兎』に刃物を向けた男は、八岐大蛇《やまたのおろち》のように怒った真理の父親に、境内へと引き据えられた。氏子の中でも腕っ節の強い人たちが、男の周りをぐるりと囲んで逃げないようにする。

「真理の親父さん、怖っ。俺が殴るタイミングなかった」

「普段は温厚なんだけど。宮司の父さんを怒らせるなんてよっぽどだよ」

「真理、ケガしてないか？　本当に、大丈夫か？」

「俺は平気。清士、どうしてあいつがここにいると分かったの？　俺、清士を呼ぶ余裕もなかったのに、何で？」

「うちの寺に戻って着替えてたら、兎の怪しい動画がネットに流されてるって、稜介から連絡があったんだ。真理、社務所で休んでただろ？　ちょうど様子を見に来ようと思ってたんだよ」

「稜くんのおかげで助かった——。あの男だよ、うちの兎たちをペンキ塗《まみ》れにしたの。稜くんのペットの犬にひどいことをしたのも、きっとあいつだ。あいつの携帯電話を見れば、証拠があると思う」

真理が予想した通り、男の携帯電話には、動物を虐待している証拠が保存されていた。ペンキ塗れの兎や、農薬入りの餌《えさ》を食べた犬、他にも胸苦しくなるような動画や画像が、フォルダの中に整然と並んでいた。

氏子に取り囲まれた男は、観念したのか、へらへらと気味の悪い笑みを浮かべている。帽子を剝《は》ぎ取られ、境内の篝火に素顔を曝した男をよく見て、真理は啞然《あぜん》とした。

「夏祭りに、社務所に来た人だ。女の子と二人で、兎はどこにいるのかって、俺にしつこく聞いてきた」

「――見覚えがあると思ったら、あの男か。虐待動画を撮るために、兎の居所を探ろうとしていたんだな」

「弱いものを攻撃する奴に、御兎様の御利益は絶対にない。二度とうちの鳥居はくぐらせないぞ」

真理はどうしても許せなくて、怒りのまま両手の拳《こぶし》を握り締めた。

「真理。兎たちは助かったんだ。これで動物の虐待事件は止まる。犯人を捕まえただけでも、よかったと思おう」

「……うん。清士が、あいつをやっつけてくれたからだよ」

「俺は何もしてない。やっつけたのは真理だ」

白くなるほど握っていた手に、清士が自分の手を重ねてくる。そっと包み込むように、優しく触られて、驚いたけれどほんの少しだけ怒りが解けた。

通報を受けた警察官が、男をパトカーに乗せて、警察署へ連行していく。本殿の詳しい検証や、真理への事情聴取は、夜が明けてから改めて行われることになった。

真理の父親が兎を保護して自宅へ帰り、氏子たちが解散すると、兎月神社にやっと静けさが戻る。事件が解決した余韻だろうか。このまま清士と離れたくなくて、荒らされた本殿の前で佇《たたず》んでいた真理は、ふと足元に目をやった。

「裸足のままだった。何かすうすうすると思った」

「神事の時からずっとそうだろ。装束もまだ着替えてないし、袖は切られてるし」

「――すっかり忘れてた。家まで裸足で帰って、シャワー浴びるか。あーあ」

「しょうがない奴。おんぶして連れてってやるよ」

「えっ？」

「ほら。乗れ」

清士は屈《かが》んで、大きな背中を真理に向けた。二十歳の大人の男が、おんぶなんて恥ずかしい。

「い、いいよ。遠慮しとく。おやすみ」

「待て、逃げんな」

玉砂利をざかざか鳴らしながら逃げる真理を、清士は追い駆けてきた。

「裸足で砂利は痛いだろ。止まれ、真理」

「何で追い駆けてくるんだよっ。おんぶなんか絶対嫌だからな」

「真理。——真理、遠慮しないで甘えろよ」

「うわぁ…っ！」

プロレスの技でもかけるように、清士は軽々と真理の体を持ち上げて、両腕に抱えた。所謂《いわゆる》お姫様抱っこの形になって、思い切り面食らう。

「清士！　何するんだよ！　おんぶより性質《たち》悪いっ、下ろせっ。……ちょ…っ、俺の家、あっちなんだけど。清士っ、どこへ連れて行く気だよ」

真理の家がある方とは反対側に、清士は境内を歩いていく。ふわふわと弾むような彼の腕の上で、真理は参道の石段を見下ろした。

「こっちに行ったら、清士んちだろ」

「ああ。着替えとシャワーなら、うちでできる。風呂上がりの飲み物も出すし、布団も貸してやる」

「何言って——」

「真理のこと、このまま離したくない。今夜は俺のそばにいろ」

「清士？」

「そばにいてくれ。……頼む」

神事の象徴だった満月が、清士の横顔を蒼《あお》く照らしている。簡単に触れられる距離にある彼の瞳を、真理は吸い寄せられたようにじっと見つめた。

「お前は一人にしておくと、無茶をするから。虐待男に真理が馬乗りでナイフを突きつけられてたの、本当はかなり、つらかった。ああいうのは二度とやめてくれ」

思いもよらない言葉だった。重たい瞬きをした清士を見て、真理はずきん、と胸を痛くした。

「清士――。ごめん。兎を助けたくて必死だったんだ。もう、あんな危険なことはしない。約束する」

「一人で無茶をする前に、必ず俺を呼べよ。子供の頃から、ずっとそばにいたんだ。これからもそばにいて、お前のことを守ってやる」

清士が、とても優しい声で言うから、真理はどうしていいか分からなくなった。ごまかすように、はは、と笑い飛ばして、赤くなりそうな顔を伏せる。

「適当なこと言って、また俺のことをいじめる気なんだろ。清士のその手には乗らないよ」

「お前は勘違いしてる。俺は真理のことを、いじめてたんじゃない。かまってたんだ」

「え？」

「……気になる奴には、ちょっかいかけたくなるだろ。俺は、少しでもお前の気を引いて、独り占めしておきたかったんだ」

「な…何勝手なこと言ってんだよ。あんなに俺をいじめてたくせに」

「ガキ大将で子分がいっぱいいた俺が、真理にだけ優しくする訳にはいかないだろ。特別扱いするには、真理だけ手荒くかまってやるしかなかったんだ」

くらくら、眩暈《めまい》がするような清士の告白に、真理はついて行くのがやっとだった。まるきり子供の理論を振り翳して、清士は真理を振り回す。

でも、いじめっ子に発展するまで真理をかまいたかった、あの頃の幼い清士の気持ちは、真理の心をまっすぐに貫いた。

「真理。お前には、嫌な思いをさせたかもしれないけど、真理はずっと俺の特別だった。家どうしの縁があるからじゃない。今日、神事をしていてよく分かったんだ。火の輪をくぐった真理が、俺の胸に飛び込んできた時、このまま離したくないと思ったよ」

「……駄目だよ、清士。神事の時にそんなこと考えてたのかよ……」

自分のことは棚に上げて、真っ赤になった顔を、真理は清士の肩に擦《す》り寄せた。真理も同じだ。神事の間、清士のことばかり考えていた。

「真理。幼馴染じゃなくても、俺たちはそばにいられるか？」

「どういう、意味」

「幼馴染とは違う、別のものに、お前となりたい」

ゆっくりと、清士は参道の石段を下りていく。まるで、後戻りのできない道へと踏み出していくような、重たく確かな足取りで。

幼馴染なら、離れても、壊れても、ずっと幼馴染のままでいられる。物心がつく前からそばにいて、今になって清士と別の何かになるのは、とても怖い。でも、真理ももう、幼馴染のままでいるのは、嫌だった。

「清士。――清士、俺……っ」

「好きだ」

「……せいじ……」

「好きだ。真理のことが、ずっと好きだった」

清士のその囁きを、いったいどれくらい、待ち望んだことだろう。諦めた方が楽な恋だと、何度も捨てようとして、そのたびに深くなっていた真理の片想いが成就する。

「真理。うんとガキの頃から、俺はお前のことだけ大事で、かまいたくて、誰にも渡したくない」

「清士、俺も。もう、言っていいよな。幼馴染に戻れなくなっても、俺も言いたい。俺…っ、ずっと清士に、片想いしてた。清士に嫌われたくなかったから、ずっと黙って、いじめられっ子の殻の中で、清士のことを想ってたよ」

本当？　と聞き返してくる清士が、あどけなくて、かわいらしかった。真理が頷くと、清士は嬉《うれ》しそうに微笑《ほほえ》んだ。

「真理、神事の最後に、俺に好きだって言ったの、嘘じゃなかったんだな」

「聞こえてたの――？」

「ちゃんとこの耳で聞いた。あの時はびっくりして信じられなかったけど、俺の耳が、真理の声を聞き間違うはずない」

「清士」

「好きだ。好きだ、真理。俺の恋人になって、そばにいてほしい」

「うん。そばにいる。……俺の片想い、叶えてくれた。清士、大好き――ずっと、好きだよ」

こつ、とぶつけ合った二人のおでこに、キスと同じ温《ぬく》もりが宿っている。おでこの次は、頬、その次は鼻先、一つ一つ触れて、確かめ合って、二人は幼馴染にさよならをした。

「真理――」

清士の唇が、恋人のキスを求めて、真理の唇へ近付いてくる。真理はふと、悪戯《いたずら》な視線を感じて、清士の唇に人差し指を添えた。

「待って」

「むぐ？」

参道の両端に鎮座する、白い一対の狛兎の石像。その後ろでぴょこぴょこ動く、長い兎の耳を見付けて、真理は笑った。

（ハツ。マツ。俺の心のまま、思いのままに、だろ）

真理が胸の奥でそう語りかけると、返事をする代わりに、狛兎たちの耳はくるんと丸く、ハートの形になった。

(ありがとう。お前たちのことも、大好きだよ)

大好きの意味は違っても、みんな、みんないとおしい。真理はもうたまらなくなって、清士の唇から人差し指を外し、不器用なキスをした。

ぶくぶくぶく。一人用にしては、贅沢《ぜいたく》な広さのバスタブの隅っこで、真理は膝を抱えて緊張していた。鼻の上までお湯に浸《つ》かって、ぶくぶく、ぶくぶく、現実逃避の泡を吹いている。

(清士んちに泊まるの、小学校以来だ。前はこんな離れなんかなかったぞ)

あまり整頓《せいとん》されていない学習机と、アメリカのプロバスケットボーラーのポスターがべたべた張《は》ってあった清士の部屋は、今は改装されて、甥《おい》っ子たちの子供部屋になっているらしい。

母屋《おもや》と庭を挟んで別棟になっているこの離れは、何だか高級旅館のような風情で、清士と二人でどこか遠くの街へ来た錯覚がする。まだ新しい檜《ひのき》の匂いと、窓から見える、手入れの行き届いた庭。灯籠《とうろう》で薄ぼんやりと照らされた池には、自慢の錦鯉《にしきごい》が泳いでいて、時折ぱしゃんと水面に尾鰭《おびれ》を出していた。

「——真理。湯加減どうだ?」

「ぶはっ! う、うんっ。ちょうどいいよ」

脱衣所から前触れもなく清士の声が聞こえてきて、びっくりする。磨《す》りガラスの戸に、彼のシルエットが映り込んでいるだけでも、気恥ずかしくて仕方なかった。

「真理のバスタオルと着替え、棚に置いとくな。サイズ違いは大目に見てくれ」

「うん。ありがと」

「あ。——窓のブラインド、もし開けてんなら、下ろした方がいいぞ」

「え?」

「ここ、母屋と対面だろ。家族が起きてたら、お前のマッパが丸見えだから」

「バッ、バカッ。早く言えよっ」

慌てて立ち上がって、ブラインドの紐《ひも》を手繰《たぐ》っていると、徐に戸が開いた。裸の清士が、タオル一枚の格好で入ってくる。

「おー、真理いいケツ」

「うわっ、わっ、わっ! 何で入ってくるんだ」

ばしゃんばしゃん、大波を立てながら、真理はバスタブに座り込んだ。

「照れるなって。幼稚園に入る前から、風呂もプールも一緒だったのに。この間も滝壺で一緒に褉をしただろ」

「だって…っ、清士の裸見るのは、久しぶりだし、子供の頃と、形全然違うし」

「何の形だよ。やらしー」

「ち、違っ。筋肉の形とか、骨格とか、いろいろあるだろ」

ずっと片想いをしていた相手の裸は、目の毒だ。刺激が強過ぎてのぼせそう。

真理が胸をどきどきさせているのを、知ってか知らずか、清士は堂々とタオルを取ってシャワーを浴びている。ついつい清士の裸を見つめそうになるのを堪《こら》えて、真理は彼に背中を向けた。

「真理も洗ってやろうか。うちのチビたちには、結構うまいって評判なんだぞ」

「……俺大人だし。自分で洗うからいいよ」

見えなくなったらなったで、清士のことが気になってしょうがない。センサーのように敏感になった真理の後頭部に、ふわりとシャワーの飛沫《しぶき》が降りかかった。

「何？」

「遠慮するな。そのままじっとしてろ」

「清士――」

真理が振り返るよりも早く、シャワーの音と清士の声が近くなる。そのまま髪を濡らされて、シャンプーの柔らかな泡に包まれると、くすぐったいのに、心地よかった。

「もこもこしてきた。これじゃ兎じゃなくて羊だな」

「人の髪で遊ぶなよ。でも、洗ってもらうの気持ちいい。王様になった気分」

シャンプーをしてくれる清士の手つきは、とても丁寧《ていねい》で優しい。耳の後ろをゆっくりと撫でられると、緊張がほぐれて、真理はバスタブの中でほっと息をついた。

「清士、洗い方すごくうまい。甥っ子くんたちに鍛えられたんだな」

「こっちに帰ってから、あいつらの風呂係ばっかりさせられてる。嫌でも手際がよくなるよ」

「……ほんとに、それだけ？　今までいろんな人に、この旅館みたいなお風呂でシャンプーしてあげたんじゃないの」

人気者の清士は、いつもファンの子に囲まれて、真理をやきもきさせていた。彼女をとっかえひっかえして、傍目《はため》には派手に遊んでいるように見えた。

「清士にこんな風にされたら、女の子はみんなお前のことを、好きになっちゃうだろうな」

今日まで清士に隠してきた嫉妬《しっと》や焼きもちが、憎まれ口になって出てしまう。清士の泡だらけの両手が、からかうように真理の耳朶《みみたぶ》を引っ張った。

「する訳ないだろ。第一、女と一緒に風呂入ったことないし」

「嘘ばっか。清士、いっぱいモテてたじゃないか。初めて彼女ができてからは、俺のことを急にいじめなくなったし、……俺、寂しかった。その頃は認めたくなかったけど、清士が遠くに行ったみたいで、本当は俺のことだけ、かまってほしいって思ってた」

「真理」

後ろから回された清士の腕が、ぎゅうっ、と真理を抱き締める。寂しかった時間を一瞬で埋める、その腕の強さ。泡の下で真っ赤になった真理の耳に、清士は唇を押し当てて囁いた。

「ごめん。お前のこと、どんどん好きになるのが怖くなって、距離を置こうとした。彼女を作ったら、真理と普通の幼馴染でいられると思ったんだ」

「え……」

「でも、全然駄目だった。告られて、付き合って、一ヶ月もったらいい方。当たり前だよな。付き合っても俺が何もしないから、いつもふられて終わりだ。『手くらい繋いでよ』って、ふられるたびに女に言われたよ」

「手も、繋がないの？　彼女なのに？　どうして」

「その気にならなかったから。――しょうがないだろ。手を繋ぎたいのも、一緒に風呂に入りたいのも、お前だけだ。俺が好きなのは真理だけなんだってこと、お前と距離を置いて思い知った。留学までして真理のことを諦めようとしたのにな、かえって逆効果だったよ」

「清士、留学したの俺のせいだったの？　何も相談してもらえなかったから、俺のことはどうでもいいんだって、思ってた」

「真理に相談したら決心が鈍るだろ。留学してもお前のことばっかり考えて、連絡こないかなって、携帯電話をしょっちゅう見てた」

「清士の方から連絡くれればよかったのに。留学先の女の子たちと楽しくやってたんじゃなかったんだ」

「真理がいないと楽しくも何ともない。だから、兄貴から兎月神社の神事の話が来た時、すぐに乗ったんだ。真理が兎をやるなら、俺も帝釈天をやろう、って」

清士が一緒に神事を務めてくれた理由が、やっと分かる。火の輪をくぐる前の、励ましてくれた彼のことを思い出して、真理は胸がいっぱいになった。

「俺と神事をするために、留学先から帰ってきてくれたの？」

「ああ。前に兄貴がやった帝釈天を見て、次は俺がやるって決めてた。この役目だけは、誰にも譲れない」

「清士、すごく、嬉しい。神事に携わるには、神式の儀礼を覚えなくちゃいけなくて、お寺の人には大変なのに。禊の滝行もしんどかっただろ」

「滝行？　あれはちょっと冷たいシャワーだろ。そもそも禊なんか、女犯《にょぼん》をしていない俺には必要ないんだよ」

「え？　にょぼん？」

「大昔の寺はみんなそうだったんだけどな。俺は女には指一本触ったことない。キスもしたことないし、裸の胸も見たことない」

「……嘘……っ。お、女の子と、何もしてないのっ？」

「さっき手も繋がなかったって言っただろ。俺も真理と同じ、童貞だ。清らかな体ってやつ」

ない。


「ええええええっ⁉」

湯気がこもった浴室に、真理の大きな声が響く。窓の外にまで聞こえてしまったかもしれない。

「清士、あんなに彼女をとっかえひっかえしてたのに！　詐欺だ！」

「何だ詐欺って。お前が思ってるほど俺は穢れてないぞ。穢れどころかピカピカツルツル、まっさらだ」

「清士が童貞――、ええ……っ……、誰も信じないよ、本当に本当？　嘘だろ……っ」

「失礼な奴だな。ほら、これが証拠だ」

清士は真理の頭を抱き寄せると、自分の左胸に、耳をくっつけさせた。バクバク、バクバク、暴れるように脈打っている心臓の音が聞こえる。

「す、すごい。壊れそう」

「好きな奴と裸で風呂に入ってて、平然としてられるか。キスだって、花火大会の日に真理としたのが初めてなんだ。だから、ガツガツしてたのは謝る」

「清士、あの時は俺びっくりして……。俺の方こそ、ごめん。清士のこと穢れてるなんて言って、ごめんな」

心臓のバクバクが、次第にどきどきに変わっていく清士が、かわいい。今すぐキスがしたくなる。

「俺とキスするの、嫌だったか？」

「ううん。——嬉しい気持ちを、隠してた。神事を楯にして拒んだけど、本当はあのままずっと、清士とキスしたかったよ」

「よかった。真理も俺と同じ気持ちだったんだな」

安心したように、吐息混じりに呟くと、清士は真理のこめかみに唇で触れた。

「あの時の続き、しよう。真理のこと欲しい」

「……清士……」

「真理のこといっぱい触りたい。真理は？　俺のこと触りたい？」

「うん。触りたい。キスしたいし、何回も、抱き締めたい」

「やばい、舞い上がりそう。二人でしたいこと全部しような」

「——うん。でも、すごく緊張してる。俺も…っ、初めてだから。清士、怖くない？」

「怖くない。頭の中や、夢の中で、真理とエロいこといっぱいしたから」

「うわ…っ、やっぱり清士は、煩悩だらけだ」

「俺の煩悩は、百八つをとうに超えてる。うちの寺の鐘、何回撞《つ》いても間に合わない」

「バカ、バカ清士。大好き」

「それ、もっと言わせてやるからな。——シャワーで泡流そう。もうのぼせてるだろ」

「う、ん。くらくらする」

のぼせているのは、バスタブの中にずっといたからじゃない。清士の声が、言葉が、どきどき鳴り続けている鼓動が、真理の体を火照《ほて》らせている。

清士に手を借りながら、バスタブから上がると、ぬるま湯のシャワーが真理を包んだ。洗い流されていくシャンプーの泡と一緒に、清士の両手も、真理の胸元を滑り下りてくる。平らなそこに掌で円を描いて、小さな乳首を指で挟み、優しくマッサージをしている。

「…ん…っ、おっぱい、ないよ?」

「真理も俺の、やって。洗いっこしよう」

「うん——。筋肉ばっかりで、清士の胸硬いな。揉《も》んだら柔らかくなる?」

「ふふ、くすぐったい。真理のここは柔らかいよ。乳首、ちっちゃくてかわいいな」

「あ……っ、そんなとこにも、キスするの——?」

ちゅう、と乳首を吸われて、真理は小さく息を詰めた。自分でもあまり意識しなかった場所を、清士の唇に触れられると、途端にそこが自己主張を始める。

「つんとしてきた。感じてる?」

「う、……う、分からない…っ、なんか、少し痛くて、じりじりする感じ」

「こうしたら?」

乳首の先端だけを、ちろちろと舌で舐《な》められて、真理はびくっと跳ねた。

「ひゃっ。清士、強過ぎるよ。優しくして」

「——真理、今のもう一回言って」

「え…？　……優しくして……？」

小首を傾《かし》げて、真理がそう言うと、清士の頬が瞬間点火したように真っ赤になった。

「無理——。優しくするの、無理だ」

「清士、顔、顔怖い、目も怖い。何かぎらぎらしてるっ」

「俺…っ、今までどうやって、真理に触るの我慢してたんだろう。今までの努力、全部吹き飛んだ」

「清士……？」

落ち着かない瞬きを繰り返した清士の瞳が、つう、と浴室の床に向かって落ちる。思わずそれを追い駆けた真理の視界に、すごいものが入ってきた。

引き締まった清士の腹筋の下からそそり立つ、立派過ぎる彼。子供の頃にお風呂で見たそれじゃない。根元から先端まで、エネルギーが漲《みなぎ》っているような、すごい迫力だった。

「お、大きいん、だな。清士の」

真理が呟くと、天井を向いていたそれが、ぶるん、と揺れる。好きな人の股間《こかん》を見つめている恥ずかしさも、気まずさも、つい忘れてしまうくらいの衝撃だった。

「真理がかわいいこと言うから、勃《た》ったじゃないか。いきなりラスボス出させんな」

「ラスボスは俺のせいじゃないだろ」

「もう…っ。真理、ちょっと向こうむいてろ」

清士はシャワーのコックを捻ると、勢いよく水を出して、股間にかけ始めた。

「つ、冷たっ。こっちまで飛んでくるよ、清士」

「向こうむいてろって。こんなの見るの、真理怖いだろ。俺だって怖い――。俺の煩悩がここに集まってる」

「水なんかかけたら風邪ひく。いったい何してんの」

「ちょっと待ってろ。今、静めるから。真理を怖がらせないように、ちっちゃくするから」

「そんなこと、しなくていいよ……っ」

真理は清士に抱き付いて、背中側からコックに右手を伸ばした。水を止め、冷えてしまった清士のお腹や太腿《ふともも》を撫で摩《さす》る。

「真理……」

「慌て過ぎ。清士のそれ見ても、俺は怖くない。大人になったんだなって思うだけ」

「本当か？　毛も生えてんだぞ。グロいだろ」

「俺だって生えてるし！　もじゃもじゃだしっ。それに――清士と同じだよ、俺のも、大きくなってる」

清士の太腿の裏側に、真理のそこが当たっている。二人で裸でいて、正気でいられないのは真理も同じだ。もっと刺激を求めて、真理の方からいやらしく腰を突き上げても、何も間違っていない。

「真理、俺の太腿の裏がすごく熱い。お前のがぐいぐい当たってて、エロいよ」

「わざと、してるんだよ。……んっ、……大人になったの、清士だけじゃないんだから」

真理は腰を動かしながら、清士の股間に手を伸ばした。ますます大きさを増した彼が、重たそうに首を擡《もた》げている。

真理は好奇心を膨らませて、清士のそこに、そっと指で触れた。身じろぐ彼をいとおしく思いながら、今度は掌で撫でてみる。

「真理、ちょ……っ」

「すごい。どくどく、いってる。ここに心臓があるみたいだ」

好奇心が、興奮に掏《す》り替わるのは早かった。右手だけでは包み切れずに、両手を添えて、扱《しご》くように動かす。掌の中の清士の脈動が、どんどん速くなっていって、真理は息遣いを荒くした。

「清士、――清士、こうするの気持ちいい？」

「すごく、気持ちいい。っていうか、お前やばい」

「俺？」

「真理の手が、俺のを触ってるなんて、それだけでもう、いけるよ」

かっ、と真理の体の芯《しん》に、熱いものが点《とも》った。欲情を煽る、鮮烈なそれに抗えない。

「清士、俺のも、触ってほしい……っ。一緒に気持ちよくなりたい」

「うん。俺も」

「こっち向いて。清士、キスしたい。いっぱい、したい」

「真理、かわい過ぎるだろ、お前」

清士がどこか苦しそうに言いながら、真理の方へ体を入れ替える。清士からキスをしてくるのを待てずに、真理は背伸びをして、彼の唇に吸い付いた。

「んっ、ん、……ふぅ……っ、んんっ」

上手なキスの仕方は知らない。必死になって唇を動かす真理を、清士はしたいようにさせた。互いの屹立《きつりつ》に手を這《は》わせ、擦って、愛撫《あいぶ》をし合う。くちゅくちゅと浴室に響く水音が、キスの音なのか、手淫の音なのか、両方なのか分からない。

「くうっ、……ん、あ……っ、あぁっ、……清士、触り方が、えっちだ。俺の気持ちいいところ、どうして分かるの」

清士の的確に触れてくるポイントが、真理の体温を上げて、甘い声を出させる。くす、と微笑んだ清士の顔まで、真理を欲情させた。

「頭の中で練習してたから。ここ、好きか?」

「うん……。んんぅ……っ、はっ、……はぁっ……、や――、手が、止まらないよ……っ。腰も、勝手に動いて、俺やらしい…っ」

「真理。お前やっぱり、兎なんだな」

「え……っ？」

「兎はかわいい動物なのに、性欲旺盛《おうせい》なんだろ。年中発情してるんだって？」

「そ――それは、兎は食べられる側の動物だから、仕方ないんだ。たくさん産んで増えないと種が絶えてしまうって、本能や遺伝子が、兎に発情させるんだ」

「最高。俺の前では、いつでも発情してろよ。こんな風に」

「ああっ、あっ、あっ！　強く擦ったら、だめ……っ、清士、清士…っ、ああぁ――！」

がくがく、細い腰を震わせて、真理は抑えられなくなった欲情を解き放った。清士の手に擦り立てられながら、頭の中を真っ白にして弾ける。無意識に握り締めていた、清士の大きなものからも、真理と同じ欲情が、どくんっ、どくんっ、と飛び散った。

「……は……っ、あぅ…っ、ん……んん」

「ああ……、真理……っ、ごめん、我慢、できなくて」

「俺、も。――手の中、溢れてる」

「見るなよ。照れくさいだろ」

清士の震える唇が、真理の唇を塞《ふさ》いだ。達した余韻の中でするキスは、とてもいけないことをしている気分がした。

「ん、んぅ、清士、んっ、ん」

ひとしきりキスをして、唇を蕩《とろ》かし合ってから、汗をかいた体にもう一度シャワーを浴びる。浴室の壁に凭れて、ぐったりとした真理を、清士は隅々まで洗ってくれた。

「……あぅ……っ、なんか、体じゅうぞくぞくするよ……っ。こんなの、初めてだ」

「俺だって。一回いったくらいじゃ、全然小さくならない」

シャワーの水滴が、膨らんだままの彼の中心に落ちて、扇情的な跡をつけている。また触りたくなる衝動を、無理に抑えるのはつらい。檜の壁板を引っ掻いていた、手持ち無沙汰《ぶさた》の真理の両手を、清士はそっと取った。

「上がろうか。布団、もう敷いてあるから。一組でいいよな」

どきっ、と鳴った心音は、シャワーを止めた後の静けさの中では、ごまかせなかった。欲情が収まらないのに、このまま清士と布団に入ったら眠れない。清士のことを襲ってしまいそうだ。

「べ、別々じゃ、駄目かな」

「何で？　俺たち付き合ってるのに、離れる意味ない」

「でも――、このままだと凶暴な兎になりそうだよ」

「凶暴？」

真理も男だから、好きな人を自分のものにしたいと思って当たり前だ。それなのに、清士はおもしろそうに真理の顔を覗き込んで、ぷっと笑った。

「非力なくせに、俺のことを、押し倒すつもりなのか？」

「何で笑うんだよ。悪いか」

「真理より俺の方が百倍凶暴だから。お前は自分の心配してろ」

「あ…っ、清士逃げるな——」

清士を追って、浴室を出た真理は、ふわふわのバスローブにすっぽり包まれた。濡れた髪にはタオルを宛《あて》がわれ、清士のなすがまま、お風呂上がりの甘い時間を過ごす。

冷房の効いた寝室に案内されて、一本のペットボトルの水を、二人で代わりばんこに飲んだ。もうキスはたくさんしたのに、清士とだから、間接キスもどきどきする。

「最後の一口、もらった」

「俺が飲もうと思ってたのに。冷蔵庫どこ？　新しいの取ってくる」

「——ん」

清士は真理を引き止めて、布団の上に優しく押し倒しながら、唇を奪った。舌でノックをされた唇の隙間から、冷たい水が注がれる。口移しで飲まされたそれを、こくん、と飲み込んで、真理は清士にしがみ付いた。

「清士……んぅ…ん……」

悪戯な彼の舌先が、潤った口腔《こうこう》の奥まで伸びてくる。頰の裏側や、上顎をねっとりと刺激されると、真理の息はすぐに上がった。真理はついていくのがやっとなのに、清士はどんどん大人のキスを覚えてしまう。悔しくて、でも、気持ちがよくて、清士の髪をぐしゃぐしゃに撫でて仕返しをした。

「は…っ、あ、ん、……清士、清士――」

「真理、布団の上で名前呼ばれるの、すごい、興奮する」

もっと呼べ、とねだられているようで、真理は微笑みながら、清士の耳元に唇を寄せた。

「清士、清士のことが好き。清士のことだけ、大好きだよ」

十年以上も、ずっと言えずにいた想いは、箍《たが》が外れたように真理の中から溢れてくる。清士は真理の想いをキスで掬《すく》い取っては、愛撫に変えて返してくれた。

「あ……、ああ――、くすぐ、ったい。……ふふ、……ん…っ、あう、ん」

首筋を下りていった清士の唇が、真理の鎖骨を啄《ついば》んで、小さな痕《あと》をたくさん散らす。赤いそれの一つ一つを、今度は彼の指先が辿《たど》って、肌の奥深くまで愛撫は浸透した。

「ん……っ」

「真理が気持ちいいところは、すぐに分かるな。ぶるぶるって震えるから」

「……あ……っ、あっ。自分、では、よく、分からないけど」

「俺だけ知ってたらいいんだ。…ったく、誰が凶暴だって？　簡単に俺に乗っかられて、食われてるくせに」

かぷ、と真理の肩口を噛んで、清士が意地悪な顔をする。昔真理がよく見た、いじめっ子の顔だ。でも、今はその顔の裏側に、とても優しい本当の清士がいることを知っている。

「真理は、兎は嫌か」

「……何……？」

「食べる方になりたいかって、聞いてるんだ。真理がそうしたいなら、俺が下になる」

そう言うと、清士は真理を抱き締め、ぐるん、と体勢を入れ替えた。布団の上から見下ろした彼は、黒髪が方々に散って、とても無防備だ。ずきん、と疼《うず》いた真理の下腹部は、清士のことを食べたいと訴えていた。

「兎の俺だって、清士を感じさせられるよ」

清士がしてくれたことを真似《まね》して、彼の首筋をキスで辿り、鎖骨を啄む。んっ、んっ、と声が出てしまうのが恥ずかしい。清士にもっと自分の痕をつけたくて、広い胸にもキスをしていると、不意に髪を撫でられた。

「めちゃくちゃかわいい」

まるで、子兎を見ているような清士の瞳が気になったけれど、真理はキスを続けた。張り詰めた胸筋が波打つたび、ちゅっ、ちゅっ、と音を立てて、マーキングしていく。

キスに夢中になっていた真理は、清士の手が、バスローブを脱がせていたことに気付かなかった。裸にした背中を撫でた後、まっすぐな真理の背骨を、長い指で丹念になぞっていく。腰まで辿り着いた清士は、掌を大きく広げて、お尻《しり》を摩った。

「んんっ、……んっ、……清士……っ？」

浴室で洗ってくれた時よりも、掌全体で柔らかさを楽しんでいるような、大人っぽい触り方だった。自分ではあまり触らないところを、揉んだり、優しく抓《つね》ったりされると、ぞくぞくしてくる。

「あぁ――」

「真理、キスやめちゃったのか？」

「う、ううん。する……っ」

ちゅっ、ちゅぱ、清士の胸に唇を埋《うず》めても、キスはたくさんはできなかった。清士が両手で、果物のようにお尻を割り開いたから、びっくりする。

「な…っ、何して、んだ。恥ずかしい……っ」

「真理は、男どうしのえっちは、ここでするって知らないんだな」

「ふえ…っ、うう、し、知ってるよ、それくらい」

「ほんとかな。じゃあ、たくさん解《ほぐ》さないといけないことも、知ってるか？」

「ほぐす――？」

「柔らかくしないと、俺の煩悩、入らないだろ」

「え…っ……、ちょ、待っ」

逃げようとしても、しっかりとホールドされて動けない。真理が乏しい知識を総動員させている間に、意地悪な指先が、じわじわお尻の狭間《はざま》へと近付いてくる。

「……んく……っ、……やぁぁ……っ……！」

「真理——」

恥ずかしい窄《すぼ》まりを、清士に指の腹で撫でられて、真理は思わず声を上げた。首を振っても、半ベソをかいても、清士はやめてくれない。彼が指を動かすたび、くちり、くちり、と変な音が寝室にこだまする。

「真理のここを触る夢、何度も見た。そのたびに、夜中にびっしょり汗をかいて飛び起きるんだ」

「はぅ…っ、だ……だめ、そこ、嫌」

「夢よりずっと小さいんだな。俺の、入るかな」

つぷ、と窄まりの中に、指先が入ってくる。体の内側の、とても弱いところを擦られて、真理は震えた。

「うう…っ、や……」

「力を抜けよ。もっと奥の方まで触らせて」

「だめ、だよ、清士。そんなとこ、指入れたら」

「真理が触りやすいところにいるからいけない」

「だって、清士が、自分から下になるって」

「下になるとは言ったけど、お前のことを襲わないとは言ってないぞ」

「……また出た、いじめっ子――！」

息も絶え絶えに抗議する真理を、清士はくすくす笑って見上げた。清士は最初から、真理のことを食べる気まんまんだったのだ。

「ひどいよ、清士、俺のこと騙《だま》した。悪い奴だ」

「文句は後でいっぱい聞いてやるよ」

「今聞け。こいつ……っ」

まんまと騙された腹いせに、真理は清士の唇に、思い切り唇をぶつけた。乱暴に舌で歯列を抉《こ》じ開けて、清士の口腔をまさぐる。

仕返しのつもりのキスは、二人の吐息を熱くしただけで、少しも仕返しにならなかった。真理が舌を動かせば、清士も真理のお尻の奥で、指を動かす。ぐちゅっ、ぐちゅっ、と水音はだんだん濁って、真理の体は、加速度的に蕩け始めた。

「ん、んむ、……んぅ、んっ。……は…ふ、……ああ…っ、はっ」

変だ。清士の指に掻き回されていると、気が遠くなってくる。恥ずかしくてたまらないそこが、ぐずぐずに解けて、力が入らない。

「あぁ……、清士――、せいじぃ……っ」

ぐぷりと、指を二本に増やされても、少しも痛くなかった。固く緊張していたはずの粘膜は、漣《さざなみ》のようにうねって、清士の指をもっと奥へと引き込んでいる。

こんな場所が気持ちいいなんて、少しも知らなかった。今以上に気持ちよくなりたくて、こっそり腰を振っていると、たちどころに清士に見付かってしまう。

「兎、発情中？」

「ううっ、うるさい。…ふあ…っ、指、引っ掻くのやだ……っ」

がくがくがく、腰が砕けてもう動けない。お尻の奥のどこかに、とても感じる場所がある。でも、蕩け切った真理の力では、その場所を探すことも、自分で触れることもできなかった。

「清士。もう、つらい。どうにか、してほしい」

「おとなしく俺に食われるか？」

「……うん……。清士を、食べるのは、今は諦める」

「真理。お前って、ほんとにかわいい。好きだよ」

好きだよ——。そう言ってほしくて、清士にずっと、片想いをしていた。ふ、と真理の瞼が熱くなって、訳もなく涙が滲《にじ》んでくる。

「俺も、大好き」

嬉しそうに笑った清士の顔が、真理の視界いっぱいを埋めた。優しいキスを奪われながら、二人で布団の上を転がるようにして、じゃれ合った。

仰向《あおむ》けになった真理の体から、そっと指が引き抜かれていく。数秒の空白もなく、同じ場所に清士の熱い塊《かたまり》が宛がわれた。

「……あ……、……あぁ……っ、あ――」

柔らかな粘膜を押し開き、真理を貫く、清士の想い。鈍い痛みとともにそれを受け止めながら、真理は逞しい彼の背中を抱き寄せた。

「清士、清士……っ」

「――真理。俺……、泣きそう。俺のことを好きでいてくれて、ありがとう」

「清士」

先に泣いていた真理の頰に、キスが降ってくる。いとおしい気持ちを全部込めて、真理は恋人になった幼馴染を抱き締めた。

「俺も、ありがとう。これからも、清士のそばにいるから」

「ああ。絶対、真理のこと離さない」

深く、深く、繋がって、体温が混ざり合うまで、二人はそうしていた。一つになった痛みは、キスの数が増えるたび和らいでいく。

そろそろと動き出した清士の腰に、真理は両足を絡めて、呼吸を合わせた。粘膜がめくれ、擦《こす》れ合う情熱的な音が、ずちゅっ、ずちゅっ、と二人の耳を焼いている。怖いくらいの快感の波動が襲ってきて、真理は喘《あえ》いだ。

「は、ああ…っ、あ、んっ、んっ！」

「……真理……、真理」

「あっ、あぅ、……せい、じ、壊れそう…っ、……ああ……！」

清士の腹筋に擦られ、大きく育ち始めていた真理の中心が、透明な雫《しずく》で濡れている。清士が動くたびに雫が飛び散り、二人の体を汚すのを、気にしている余裕もなかった。

深いところを断続的に突き上げられると、そのまま達してしまいそうになる。真理は清士の背中へと、溺れる人のように懸命にしがみ付いた。

「清士、い……いい、――いく、もう、いっちゃ……」

「真理」

「ごめ、ん、我慢できない、もう、いきたい……っ、いくぅ……っ」

「俺も、いくから――、ああ……、真理……っ。ずっと、こうしたかった」

「清士、いく……っ、あっ、あぁ…っ！　一緒に――、清士といく……っ、あああっ！」

互いの名前を夢中で呼んで、隙間なく体を寄せ合いながら、二人は快感の波に押し流された。びくっ、びくっ、と震えている真理の体の奥へと、清士の想いが注ぎ込まれる。熱くて仕方ないそれと、真理が彼へと放った想いは、全く同じだった。

「……清士……」

赤く潤んだ瞳で見上げると、泣き顔と大人びた顔が混じった清士が、そこにいる。汗に濡れた前髪を、そっと梳《す》いてくれた恋人に、真理は何度目か忘れてしまった告白をした。

「大好き」

深い藍色の空が、神社と寺が並び建つ街の上に広がっている。鎮守の森も眠りにつく丑三《うしみ》つ時を過ぎ、寅《とら》の刻の夜明けが近くなってきた時間帯。香明寺の広い敷地の中にある、自宅部分の庭先を、真理と清士は通用門に向かって歩いていた。

「——朝まで休んでいけばいいのに。本当に帰るのか？」

「暗いうちに自分の部屋に戻るよ。親に何も言わずに出てきたし」

「真理んちの親父さんに怒られたら、俺とゲームでもやってたって言っておけば？」

「うん……、でも、やっぱりいきなり朝帰りは、ちょっと」

「そういうもん？」

「そういうもん。何事もケジメは必要だろ」

本当は、朝どころか昼辺りまで、二人でくっついて眠りこけていたい。寝不足の目を擦りながら、真理が庭の足下灯を頼りに進んでいると、隣で清士が溜息をついた。

「真理がそう言うなら、帰してやるけど。俺はもっと真理といちゃついてたいよ」

「しっ。ここが自分ちの庭だって忘れてないか？　家族の人に聞かれたらどうするの」

「どうするって――、堂々といちゃつく」

「バカっ」

どんっ、と軽く体当たりを食らわせてやると、清士は笑って仕返しをしてきた。恋人になったばかりの、離れがたい気持ちのこもった大きな手で、真理の手を握り締める。

「清士、駄目だって。誰か起きてくるよ」

「大丈夫。もし見られて、家族全員が俺たちを引き離しにかかっても、真理のことは俺が守ってやる」

「清士……」

優しい目をして、そんなことを自信たっぷりに言われたら、不覚にも嬉しくなってしまう。清士が守ってくれるなら、自分も彼のことを守りたい。真理は清士の手を強く握り返して、ぶんっ、と思い切り振った。

「わっ。はは。どうした？」

「清士のくせにかっこいいこと言うから。お返し」

「照れ隠しの間違いだろ」

「ふーんだ。勝手に言ってろー」

ぶんぶんぶん、繋いだ手を二人で振ってじゃれているうちに、通用門の潜《くぐ》り戸が見えてくる。母屋の台所の裏手にあたる、ひっそりとしたそこで立ち止まって、真理は清士を見上げた。

「じゃあ、帰るから。ちゃんと寝ろよ」

「真理も。ひと眠りしたら、昨日の神事の挨拶《あいさつ》に、親父と兄貴を連れてそっちへ行くよ」

「うん、待ってる。おやすみ、清士」

「真理」

繋いだ手を離す前に、清士の胸の中へと引き寄せられて、捕まえられた。とくとく鳴っている彼の胸の音が、いとおしくて心地いい。

「俺今、すっげー幸せ」

小さく囁いた清士の唇が、真理の唇をそっと塞ぐ。触れただけの、あっという間の出来事に、真理は耳の先まで赤くして蕩けた。

「バカ、やめろよ」

「帰りたくなくなっただろ。おとなしく泊まっていけよ」

「不意打ちは卑怯《ひきょう》だぞ。い……っ、意地でも帰ってやる。もう――。おやすみっ」

「ふふ。おやすみ、真理」

名残《なごり》惜しい気持ちを振り切って、足に根っこが生える前に、潜り戸から外へ出る。ふわふわ、宙を飛んでいるような感じがして、兎月神社の鳥居までの距離が、やたら遠い。

満月はもう空から姿を消して、神事で帝釈天が渡った朱塗りの鳥居は、夜明け前の静寂の中に佇んでいた。ぐっすり寝ている清士の家族と違って、この神社には、千里眼で地獄耳の狛兎が真理を待ち構えている。参道の石段を、一段一段、抜き足差し足で上っていると、どこからともなくぴょーんと跳ねて、ハツとマツが真理の背中に乗ってきた。

「待っておったぞ、真理！」

「うわっ！」

「この不良息子め！　朝帰りなんぞしおって」

「やっぱり見付かった……っ！」

「当たり前だ。我らの千里眼に見えぬものがあると思ったか？」

「地獄耳の我らの耳は、お前がどこにいても息遣いで聞き分けるぞ」

「分かったから、降りろお前ら。俺はあんまり寝てなくて疲れてるんだから」

すると、真理の頭の後ろで、ほほう、と狛兎たちが声を揃えた。

「寝かせてももらえぬとは、若さゆえか。激しいのう」

「激しいのう」

「ぶっ。な、な、何言ってんだよ」

「お前の体の芯に、清士の匂いが混ざっておるわ。……おお、これはこれは随分と甘美な」

「いつまでも子兎と思っておったが、美酒にも勝る匂いをさせおって。生意気な」

くすくすくす、ハツとマツの楽しそうな忍び笑いが、真理を赤面させた。

二人に見付かってしまった時点で、おもちゃにされることは諦めている。髪を引っ張ったり、頬を抓ったりしてからかわれても、今はあまり怒る気になれない。何故そうなのかは、真理本人よりも、ハツとマツの方が察しがよかった。

「おや、真理が動じぬぞ。見よ、マツ。この満ち足りた顔を」

「まったく、隅に置けぬな。こいつめ」

「やめろよ二人とも。くすぐったいだろー」

「清士に骨抜きにされておる。ハツよ、我らのよく知るおぼこい真理は、もうどこにもおらぬぞ」

狛兎たちは、軽業師のようにくるりと宙返りをして、真理の背中から飛び降りた。

「いやさか、いやさか。お前の後朝《きぬぎぬ》の出迎えをする日がくるとはの」

「きぬぎぬって？」

「いやさか、いやさか。人が迎える朝の中で、格別に眠たい朝のことよ」

「ふうん。――うん、確かに眠たい。目を瞑ったらそのまま寝そう」

「まったく、仕方のない奴だ」

夏休みのはじめ、一年半ぶりにここへ帰ってきた日のように、ハツとマツは、真理の背中を押して石段を上った。

「やっぱりこれ楽ちんだなあ。ありがと、ハツ、マツ」

「甘えん坊め。ほれ、家までもうひと踏ん張りだ」

「しっかり足を動かせ。我らの手を焼かせるな。お前は長年の想いを叶えて、立派な大人になったのだからな」

昨日と今日で、何かが劇的に変わった訳じゃない。でも、清士と幼馴染だった昨日と、恋人になれた今日は、見える景色が違う気がする。

石段を上り切ったところで、ふと、真理は空を見上げた。藍色に染まっていた空が、青色、水色、そして白色のグラデーションへと変わっていく。真夏の夜が過ぎ、新しい朝がやってきた。

「——真理。夜が明けるのう」

「うん。今日も暑くなりそうだな」

「——真理。我らは今日のこの朝を、けして忘れぬ」

「お前もたまには思い出して、我らのことを懐かしんでおくれ」

ふわ、と真理の襟足《えりあし》を、柔らかな風が撫でた。柑橘系《かんきつけい》の果物のような、いい匂いのする風だった。檸檬《レモン》も橙《だいだい》も、神社の敷地には植えていないはずなのに。

「え……？」

後ろを振り返って、真理はびっくりした。そこにいるはずの狛兎たちがいない。

「ハツ？　マツ？」

気まぐれに姿を消したんだろうか。二人は神出鬼没だから、これまでも似たような悪戯をして、真理を驚かせたことがある。

「二人とも、どこに行ったの――」

石段の中程にある、一対の狛兎の石像を見つめても、二人は出てこない。気配もしない。もの言わぬ石像はただ静かに、鳥居の方を向いてそこに鎮座している。

はっとして、真理は自分の両目を擦った。見えない。ハッとマツの姿を、もう見ることができない。片想いを叶えて、清士と肌を重ねた真理は、恋と引き換えに宇佐木《うさぎ》家の巫覡ではなくなっていた。

「――さようならくらい、言わせてくれてもいいのに。ハツ、マツ、今までありがとう。二人とも、元気でな」

泣き出しそうな真理の頬を、優しい風がまた掠《かす》めていく。さようならではない、と二人が囁いているようで、真理はそこに佇んだまま、朝陽《あさひ》が参道を照らし出すまで動けなかった。

◆　◆

「氏子さんたちが寄進してくれた、お前たちの新しい家だぞ。みんなよかったなあ」

段ボールの中から、兎たちを放すと、みんないっせいに飛び跳ねて遊び始めた。ペンキをかけられた事件の後、半月ぶりに我が家に帰ってきて、兎たちがとても嬉しそうにしているのが分かる。

「真理、こいつらの昼メシにどうぞって。農家をやってる檀家《だんか》さんから、差し入れにもらった」

「ありがと。見て、清士。餌箱も新しくなってるよ」

「ほんとだ」

避難先の香明寺で、兎たちの面倒をみてくれていた清士が、両手に袋一杯のキャベツを抱えてやって来た。好物の匂いを嗅ぎつけたのか、兎たちがフェンスのそばまで寄っていって、キッキキッ、と待ち切れずに騒いでいる。

「よしよし、すぐ千切ってやるから待ってろ。フェンスが二重になって、防犯カメラまでついてる。これでだいぶ安全になったな」

「うん。また変な奴に狙われたら大変だから。カメラで録画をしておけば、何かあった時に証拠になるだろ」

「神社の兎に悪さをするなんて。今度ばちあたりな奴が来たら、お前ら思い切り蹴ってやれ」

清士が餌箱に千切ったキャベツを置くと、兎たちが早速齧り始めた。もしゃもしゃ、しゃくしゃく、一心に好物を食べている姿を見ていると、こっちまでほんわかする。

かわいい兎たちをペンキ塗れにし、立入禁止の本殿にまで襲撃してきた動物虐待男は、今頃警察で厳しい取り調べを受けていることだろう。事情聴取をした警察官の話によると、悪質な虐待事件を何件も起こして、それをネットに流していた男は、真理に対する傷害の罪にも問われるそうだ。

悪いことをした報いはきちんと受けて、二度と動物を傷付けないでほしい。御兎様を神様として祀るこの神社は、兎たちの楽園だ。幸せそうにキャベツを食べているみんなが、安心して暮らせる住処でありますように、真理はそう願いながら兎の背中を撫でた。

「――さて、兎の引っ越しも終わったし、俺らも昼メシ食いに行こう。車出すよ」

「清士、本当にちゃんと運転できるの？　すごく不安なんだけど」

「免許持ってない奴に言われたくない」

「どうせ持ってないよっ。悪かったなっ」

「怒んなって。兎に対する優しさを、もう少し俺にも分けろよ」

「嫌だ。清士は意地悪ないじめっ子だから」

「でも好き、だろ？」

自信満々に言い返されて、何も反論できない。図星を指されて悔しいのと、照れくさいのとで、顔が熱くなる。真理はわざとそっぽを向いて、赤くなった頬をごまかした。

「お昼は清士のおごりだから。よろしく」

「真理、運転手もさせてそれはないだろ」

「運転は清士が勝手に希望したんだ。どこに連れてってもらおうかな」

「真理が行きたいところ、どこでも。ついでにドライブしよう。これってデートだな」

「バカ清士っ。大きな声でそういうこと言うな」

じゃれ合う二人の頭上から、賑やかな蟬時雨《せみしぐれ》が降り注ぐ。ミンミン蟬やクマ蟬に混じって、微《かす》かに秋の季節の蟬が鳴き始めていることを、恋に夢中な二人は気付かなかった。

了

月下の未来

一

子供の頃《ころ》の思い出は、あまりよかったためしがない。近所に住んでいたいじめっ子と、物心がつく前から一緒に育ったせいで、しょっちゅう泣かされた記憶しかなかった。

家どうしの繋《つな》がりや、親どうしが幼馴染《おさななじみ》だったことなんて、自分とそのいじめっ子には関係ない。『真理《まこと》』という本名を、そいつに『マリ』『マリちゃん』と女の子のように呼ばれてからかわれるたび、嫌でたまらなかった。

幼稚園の年少クラスか、年中クラスの頃だっただろうか。真理が毎日肩に提《さ》げて使っていた、黄色い通園バッグの中に、二羽のノウサギがこっそり忍び込んでいたことがあった。ノウサギは実家の神社、兎月《とげつ》神社の狛兎《こまうさぎ》の仮の姿で、名前を初《ハツ》と末《マツ》という。悪戯《いたずら》が大好きな二人は、時々ノウサギに変身して、神社の敷地の外へ遊びに出るのだ。

ハツとマツは、普段は甚平を着た子供の姿をしている。言葉も話すし、箸《はし》でご飯も食べるし、供え物のお菓子も食べる。あまりにも人間と同じように行動しているから、そんなハツとマツの姿を見ることができるのが自分だけだということを、子供だった真理はよく理解していなかった。

「うさぎだ！　見て見て、真理ちゃんがうさぎを連れて来たよ！」

「ちっちゃーい。かわいいー！」

通園バッグから出てきたハッとマツを、友達は大喜びで、撫《な》でたり抱っこしたりしている。ちょうど昼のお弁当の時間で、みんな食事をそっちのけで騒ぎ始めたから、担任のミドリ先生が怒りだした。

「みんな静かに。真理くん、駄目よ？　幼稚園に動物を連れて来ちゃいけません」

「ぼ――ぼく、知らない。ハッとマツが、勝手にバッグの中に入ってたの……っ」

「真理くん。とりあえずその子たちは、帰る時間まで先生が預かります。うさぎさんはおうちでケージに入れて飼ってあげましょうね」

「先生、ハッとマツはケージなんかいらないよ。いつも立って歩いてるし」

「立って歩いてる？　『お手』みたいに、芸を仕込んでるのかな？」

「ううんっ。ハッとマツ、うさぎじゃないもん――。家ではぼくとお話しするし、鬼ごっこもするし、いっしょにお風呂も入るよ」

ミドリ先生が、不思議そうに小首を傾《かし》げたまま、固まった。ハッとマツをかまっていたみんなも、揃《そろ》って変な目でこっちを見る。

「真理ちゃん、うさぎは話さないよ？」

「鬼ごっこもしないよ？」

「うさぎはぴょんぴょんするんだよ。立って歩くわけないじゃん！」

「ほんとだもん。歩くもん。宙返りもするし、歌も歌うよ。ぼくのおやつ横取りするし、ケンカもするけど、三人で手をつないでお昼寝して、仲直りするの」

自分としては、みんなに本当のことを言ったつもりだった。でも、友達もミドリ先生も、誰《だれ》も信じてくれない。気味の悪いものを見るように、みんなに冷たい視線を浴びせられて、悲しくてたまらなかった。

「真理ちゃん変なのー」

「嘘《うそ》ついたら、うさちゃんたちがかわいそうだよ」

「……嘘なんかついてない……っ。ハツ、マツ、変身してっ。みんなにほんとのハツとマツを見せてあげてよっ」

ハツとマツを抱っこしていた友達から、二人を取り返して、一生懸命に頼んだ。嘘つきだと言われるのは嫌だし、変な目で見られるのは、もっと嫌だったから。

でも、この時の真理は知らなかった。ハツとマツはノウサギの姿をしていないと、普通の人間の目には見えなくなってしまうことを。

「どうして？　どうして何も言わないの、ハツ、マツ。ぼくの言葉、分かるよね？　ねえ、どうして――？」

半泣きで訴える真理に、ハツとマツは、キュッキュッと小さく鳴き返した。真理の耳には、『すまぬ、すまぬ』と聞こえているのに、他のみんなの耳には、動物の鳴き声にしか聞こえなかった。

「真理くん、うさぎさんたちが困ってるよ？　先生が預かっておくから、みんなとお弁当食べなさい」

「いや…っ。ごはんいらない。ハツとマツが変身するまで一緒にいる…っ」

「真理くん――」

今まで親にも逆らったことがない、幼稚園で問題を起こしたこともない。聞き分けのいい子供だったのに、この時だけは意固地になった。とうとう泣き出した真理の頭を、ミドリ先生が撫でようとする。

優しい先生の何が気に入らなかったのか、自分でも自分の涙が止められずにいると、遠くの席で一人、黙々とお弁当を食べていた子が、すっくと立ち上がった。

「マリ」

真理のことを、女の子みたいな名前で呼ぶのは、そいつしかいない。近所の寺に住んでいる、幼馴染の清士《せいじ》。向こう気が強くて、意地悪なことばかりする、ガキ大将のいじめっ子だ。

「ぴーぴー泣いてんじゃねーよ。マリ、そいつらを俺によこせ」

「い――いやだよ。こっち来ないで。ハツとマツはぼくのだ。清士にはあげないっ」

いじめっ子の清士にハツとマツを渡したら、何をされるか分からない。二人を守りたくて、真理は胸にぎゅっとノウサギを抱き締めたまま、教室から駆け出した。

「あ…っ、真理くん、待ちなさい！　どこへ行くの⁉」

「おい！　マリのくせに逃げんな！」

マリのくせに生意気。

マリのくせに反抗するな。

マリのくせに。マリのくせに。清士がよく言う、その口癖が嫌いだった。毎日毎日、意味もなくいじめるくらいなら、もう放っておいてほしい。自分が泣かされるのは慣れているけれど、ハッとマッツまでいじめられるのは、耐えられなかった。

「はあっ、はあ…っ。ここなら大丈夫。誰にも見付からないよ」

砂場で遊ぶおもちゃやスコップを入れた、園庭の物置の中に隠れて、しーっ、と人差し指を立てる。体育座りをした真理の膝《ひざ》の上で、ハッとマッツが、長い耳をぴょこぴょこ動かした。

「真理、お前を泣かせてしもうたの。我らの勝手が過ぎたようだ」

「一度、幼稚園なるものを見てみたかったのだ。鞄《かばん》に忍び込んだのは謝る」

すまなかった、と揃って耳を垂れたハッとマッツは、やっぱり普通のノウサギじゃない。どうしてみんなには、二人の話すこの声が聞こえないんだろう。

「ハッツ、マッツ、ぼくの幼稚園に、遊びに来たかったの？」

「左様。お前が童《わらべ》たちと、毎日楽しそうに通っておるゆえ、興味があっての」

「お前が家でよく話しておるミドリ先生は、あの女子《おなご》か。なかなか見目麗しい」

「みめうるわし?」

「美しい女子ということだ。御兎様の巫女《みこ》に推挙したいのう」

「それはよい案だ。推挙したいのう」

ハツとマツは、時折難しいことを言って、幼稚園生の真理を困らせる。小さく見える二人は、本当は八百歳に近い大人だ。八百歳がどれくらい長い時間なのかよく分からないけれど、兎月神社が建立された時代から、ハツとマツはもういたという。

「だいぶ泣き止《や》んだか?　真理」

「ミドリ先生がきっとお前を探しておるぞ。皆のもとへ戻ろう」

「うん……。でも、清士が怖いから、帰りたくないな……」

「真理、ガキ大将が何だ。お前の幼馴染ではないか」

「たまにはお前から、清士にケンカを仕掛けてやればよい」

「むりだよ。清士はすごく強いんだ。かけっこも速いし、ぼくより背が高いし、頭もいいし、お…っ、女の子にもてもてだし、顔もかっこいいんだ」

「――何やら清士を、やたら褒めておるように聞こえるぞ」

「ほめてないよ……っ!　とにかくあいつは、ぼくがケンカして勝てるような奴《やつ》じゃない」

「真理よ。いかに兵《つわもの》と言えども、必ず弱点がある。臆《おく》することはないぞ」

「じゃくてん?　清士にっ?」

「いかにも。ほれ、その小さき耳を澄ませ。奴の足音が聞こえてきおった。深く息をして、腹の丹田に力を込めよ」

「御兎《おうさぎ》様の眷属《けんぞく》の我らがついておる。所詮《しょせん》は奴もただのガキ大将、恐るるに足りんわ」

「う、うんっ！」

物置の中で立ち上がり、ふおおおっ、と深呼吸して、ファイティングポーズを決める。ノウサギのハツとマツも並んで、三人でボクサーのように身構えていると、物置の戸が、ガラガラッ、と開いた。

「あ、マリいた。やっぱり、ここだと思ったんだよ。お前ひきこもりだもんなー」

「せ…っ、清士、ぼくの名前はマリじゃない、マコトだっ」

「知ってるし。静かにしないと、ミドリ先生に見付かるぞ。怒らせたら超怖いんだから」

「あ…っ、うん。ミドリ先生って美人だけど怖いよねえ」

「これっ、真理っ、何を迎合しておる。しゃんとせんか」

「ぱんちだ、真理。うさぱんちをお見舞いしてやれい」

ぺち、ぺち、と清士のスニーカーに、ハツとマツがパンチをする。二人の前足はふわふわで、パンチは見るからに痛くなさそうだ。その証拠に、清士は片手でひょいっとハツとマツを抱き上げて、もう片方の手で物置の扉を閉めた。

「何パンチしてんだ、こいつら。ちっちぇー。あったけー」

「しまった！　捕まってしもうた」

「我らを助けよ、真理！」

「清士、ハツとマツを返して。いじめちゃやだ……っ」

「いじめねーよ。マリんちの神社、うさぎいっぱいいるじゃん。一回でも俺が、そいつらをいじめたことあったか？」

「う、ううん、ないけど――」

そう言えば、清士がいじめるのは、真理だけだ。他の友達はいじめないし、幼稚園で飼っているカメや、その辺にいる野良猫のこともかわいがっている。清士のハツとマツの撫で方は、動物と遊ぶ時のお手本のように、とても優しかった。

「おや、これはこれは。清士の手は、何やら心地よいのう」

「極楽、極楽。真理より撫で方が手馴《てな》れておるかもしれぬ」

さっきまでパンチをしていた二人は、あっさり真理を裏切って、気持ちよさそうに鼻を鳴らし始めた。ふんふん、ふんふん、鼻歌に似ているそれを、清士が笑って聞いている。

「こいつら何か歌ってる。おもしれーじゃん」

いじめっ子の清士が、こんなにかわいい顔をして笑うなんて。びっくりして、思わず見つめていると、清士は肩にかけていた通園バッグを差し出してきた。

「ん。マリのお弁当、持って来てやったぞ」

「……え……っ、ぼ、ぼくの？　どうして」

「教室に置いたままだっただろ。ありがとうって言え」

「ありがと──」

「なあ、こいつらって、キャベツ食べる？」

「キャベツ？　うん、食べるよ。うさぎは葉っぱが大好きだから。でも、何で？」

「べっつにー。こいつらも腹すいてんじゃないかなって思っただけ」

清士はそう言うと、ハツとマツを床に放して、自分のお弁当を取り出した。食べかけのそれから、千切りのキャベツだけを選《よ》り分けて、お弁当箱の蓋《ふた》にのせている。

「こいつらの名前なんだっけ？」

「ハツとマツ。しっぽがちょっとだけ大きい方がハツで、耳がちょっとだけ長い方がマツだよ」

「ぜんっぜん見分けつかねー。まあいいや。──ハツ、マツ、これやる。食べろ」

「清士……？」

「ふむ。これは我らへの供物と受け取ってよいのだな？」

「胃袋から我らを懐柔するつもりとは、なかなか見所のある奴。馳走《ちそう》になるぞ、小童《こわっぱ》」

ハツとマツは、小さな体で偉そうにふんぞり返った後、キャベツに飛び付いた。もしゃもしゃ食べまくる姿は、清士の目には、食いしん坊のノウサギにしか見えないだろう。

「よしよし。全部食べていいぞ、えんりょすんなよ」

「うまいのう」

「うまいのう」

「マリ、俺たちもお弁当食べよーぜ」

「う、うん…」

「あー、よかった。こいつらがキャベツ食べてくれて。残して家に帰ったら、かあさんにぶん殴《なぐ》られるもんなー」

「清士、野菜きらい――？」

「大っきらいだ。ぜっったい食べてやるもんか」

清士の弱点を、ついに見付けた。キャベツも食べられないなんて、いじめっ子のくせに弱虫だ。

「お弁当はぜんぶ食べないと、もったいないお化けが出てくるよ？」

「うっせ。マリのくせに黙ってろ」

「ふーんだ。清士はキャベツも食べられないって、みんなにばらしちゃお」

「やめろよっ。そんなことしたら、お前のその卵焼き食べちゃうからな」

「あっ、じゃあ、おかずかえっこする？　ぼく、清士のママのからあげ大好き」

「俺は、マリんちのおばさんの卵焼きと、チーズ入ってるハンバーグがいい」

「二ついっぺんはずるいよー」

「こいつらにキャベツやっただろ。からあげやるから、おばさんのおかずよこせ」

「やーだよーだ」

「――マツよ、童どもが随分と楽しそうじゃのう」

「――ハツよ、これを狗《いぬ》も食わんケンカと言うのだ。心配しただけ損をしたわ」

ふう、とハツとマツが仕方なさそうに溜息《ためいき》をついて、またキャベツに齧《かじ》り付いた。

清士と二人で、きゃっきゃっとはしゃぎながらお弁当を食べたあの日のことを、大人になった今もよく覚えている。満腹になって、物置の中で二人で眠り込んでしまい、探しに来たミドリ先生にたっぷり叱《しか》られたことも。

子供の頃の思い出の中で、どうしてその日のことが強く記憶に残っているのか、よく分からない。ハツとマツが話せることを信じてもらえなくて、ミドリ先生と友達に気味悪がられた、悲しい日だったはずなのに。

清士だけが何も言わずに、物置で肩をくっつけ合って、一緒にお弁当を食べてくれた。くすぐったいその思い出の片割れは、今、ベッドの隣で大きく成長した体を横たえている――。

「昔と寝顔は変わらないんだな」

幼稚園に通っていた頃のような、あどけない清士の寝顔は、どんなに見ても見飽きるということがない。男が二人で寝るには狭い、シングルサイズのベッドは、少し動いただけでぎしぎし軋《きし》みそうだ。

（清士、お前は、あの時のことを覚えてる？）

アパートの小さな窓から射《さ》し込む、月の明かりに照らされた精悍《せいかん》な頬《ほお》に、そっと手を伸ばす。起こさないように、指の先を少しだけ添えたつもりが、触れたい衝動の方が勝って頬を撫でてしまった。

「……ん……、マリ――？」

懐かしい、いや、忌々《いまいま》しい呼び名が、清士の唇から零《こぼ》れ出る。子供の頃の夢を見ていたんだろうか。

「ごめん。起こした？」

「――ん、起きた。やっぱりこのベッド、狭いぞ。俺の足がはみ出そうだ」

「足癖悪いからな、清士は」

「お前の足よりも、俺の方が長いことを認めろよ」

「狭くて嫌なら、床で寝ろ」

「嫌だとは一言も言ってない」

寝惚《ねぼ》け半分で、くすくす笑いながら、清士は寝返りを打った。すると、顔と顔がくっつきそうになって、どきどきした。

この距離で、清士と二人きりで夜を過ごしていることに、まだ慣れない。幼馴染の関係から恋人の関係になって、一番変わったのは、見つめ合う瞬間が増えたことだ。

「真理。触ってもいいか？」

「どうしたの。わざわざ聞いたことないくせに」

「……まだ、真理とこうしてることに、緊張してんのかも。笑うなよ」

「笑ってない。俺も清士と一緒だよ」

清士のそばにいて、昔のことを思い出しながら眠れなくなるくらいには、緊張している。触れてくるのを待っていると、ぐしゃぐしゃになったタオルケットの下で、清士の膝が、するりと真理の膝を割った。

「清士……」

吐息が互いの頬にかかるような距離だから、名前を呼べば、すぐにキスがしたくなる。どちらが早く目を閉じたかなんて、いちいち覚えていられない。短くて、せっかちなキスを交わしながら、清士の逞《たくま》しい体を抱き締める。

「Tシャツ、脱がせてもいいか？」

「聞くなって。恥ずかしいから」

「何かさ、さっき、うとうとしている間に変な夢を見た。ガキの頃の何てことのない夢なんだけど。お前のことをかまい倒して、泣かせてた」

「夢の中でもいじめっ子かよ。──でも、ちょっと嬉《うれ》しい」

「え？」

「俺も子供の頃のことを思い出してたんだ。俺たち、頭の中でも繋がってんのかな」

「かわいいこと言いやがって。今すげー、お前のことといじめたい。泣かせてやりたい」

「バカ。バカ清士」

泣かせる、の意味が、子供の頃と全然違う。それが分かってしまうことが恥ずかしくて、照れくさい。もう自分たちは大人になったのだ。

パジャマ代わりのTシャツを脱がす、清士の大きくて器用な手。露《あら》わになった胸に埋《うず》めてくる、彼の唇の温度。ちゅ、ちゅ、と音を立てて啄《ついば》まれて、肌が震える。

「あ……っ、……ん、ん……っ」

「真理、好きだ。昔は言えなかったから、何回でも言うぞ。お前のことが好き」

「俺、も。……清士のことが好き……。子供の頃から、ずっと好きだよ」

「真理」

嬉しそうに笑った清士の顔は、彼がいじめっ子のガキ大将だった頃に一度見た、あのかわいい笑顔と同じだった。この先もずっと見ていたくなる、魅力的な顔。瞬《まばた》きをするのが惜しくて、胸の奥がじんと温かくなる。

（俺たちは、好きな人のそばにいながら、本当の気持ちを隠してた。もう隠さなくていいんだ）

清士のことがいとおしくてたまらない。真理は両手を伸ばして、清士の顔をすっぽりと包み込んだ。

「清士、俺からもキスしたい」

「ああ。——俺がもういいって言うまで、いっぱいしろ」

「うん。大好きだよ、清士」

恋人のキスは、一回では足りない。真理は清士の唇を優しく塞《ふさ》いで、もういいと言わない彼に、何度もキスをした。

二

大学に入学した当初から住んでいるアパートは、今時オートロックもない、格安の物件だ。壁が薄くて、隣の部屋の音が気になる代わりに、大学の敷地のすぐそばに建っている。いつも夜更かしをして、寝坊しがちな真理には、最高の立地条件だった。

「真理。おい、真理。起きろ」

「……ん……、おはよ、清士。……すごく、いい匂《にお》い、してる」

寝惚けた頭よりも敏感な鼻で、くんくん部屋の匂いを嗅《か》いでから、真理は体を起こした。

1DKの狭い間取りは、寝室とキッチンがあまり離れていない。ベッドのそばに立っている清士の服から、コーヒーの香りがする。

「朝メシできてるぞ。顔洗ってこい」

「へ…、ご飯？　清士が作ったの――？」

「簡単なものなら俺でも作れる。タダで泊まらせてもらってるから、これくらいしないとな」

『月の兎』の神事が終わり、夏休みをお互いの実家で過ごした後、清士は真理を車でこのアパートまで送ってくれた。あらかじめ着替えを持参していた計画的犯行で、彼は一週間ほどここに泊まり込んでいる。

清士の留学先の大学は、九月の末からが新学期とかで、まだ日本でのんびりできるらしい。真理の通学について来たり、そ知らぬ顔で一緒に講義を受けたり、留学先とは雰囲気が違う、日本の大学を満喫しているようだった。

「いただきます。——んっ、おいしい。店で食べるサンドイッチみたい」

日曜日の遅い朝に、清士が作ってくれたご飯を食べられるなんて、幸せだ。飾り気のない食卓が、今日はきらきら輝いて見える。

「食パンに切った具材を挟んだだけだ。そんなに褒めなくてもいいよ」

褒めなくてもいいという割に、清士は得意げな顔をした。パンからはみ出すほど具材がたっぷり入ったサンドイッチは、真理が普段食べている、自分で焼いたトーストよりもずっとおいしかった。

あっという間に朝食をたいらげて、二人で食器を片づける。食器洗い乾燥機なんて高級なものは、キッチンについていないから、もちろん手洗いだ。でも、シンクの前で清士と並んで家事をするのは、何だか楽しい。

「清士、お皿にまだ泡残ってる。ちゃんと濯《すす》いで」

「へーい。なあ、二人でお揃いのマグカップとか買おうぜ」

「え…っ、べ、別に今あるやつでいいだろ。数も足りてるし」

「お揃いってのがいいんだろうが。俺がこっちにいる間に見に行こ。な？」

「清士って意外と恥ずかしいことしたがるね――」

「そりゃあ、二十年かかって真理とこういうことになったんだから、これまでの反動がすごいんだよ」

水で濡《ぬ》れたままの手で、清士はシンクの縁を摑《つか》むと、真理を腕の中に閉じ込めた。後ろ側から肩に頭をのせてきて、じゃれついてくる。

「真理」

「ふふ、くすぐったい…っ。耳に息吹きかけんな。食器がうまく拭けないだろ」

「おとなしくお揃いのマグカップを買うならやめてやる」

「どうせもうすぐ、留学先に帰るくせに。当分使わなくなるものを、俺の部屋に置くなよ」

「言っておくけど、俺の着替えも置いていくからな」

「え？　何で」

「真理に悪い虫がつかないように、俺のものをいっぱいここに置いといてやる」

「自分が一番悪い虫だって自覚ないんだ」

「何だと？　真理のくせに生意気なこと言ってると、嚙《か》み付くぞ」

「うわ…っ、やめろって、もう――。分かった、分かったから、ちょ…っ、吸うな…っ」

嚙み付くのではなく、清士は真理の首筋に唇を埋めて、キスをした。ちゅう、とわざと音を立てて吸って痕《あと》をつけている。

「んん…っ。清士、そんなことしたら駄目だよ。今日は出掛ける用があるのに」

中秋の名月の今日は、兎月神社の分社の宮司や、宇佐木《うさぎ》家の親族がたくさん集まって、お月見をするのが恒例だ。

真理の母親をはじめ女性陣がお団子を作り、男性陣は河川敷へススキや萩《はぎ》を採りに行く。『月の兎』の神事を無事に務めたご褒美に、真理は家の手伝いを免除されて、清士と二人で夜の宴会に招待されていた。

「出掛けるって、自分の家に帰るだけだろ。向こうに着く頃には消えてるよ」

「でも、いちおう大事な行事だから。変なのつけてたら、禊《みそぎ》をしないといけなくなる」

「俺がつけた痕を、変なのだって？　許さない」

「清士。いじめてないで、キスなら、ちゃんとしろ――」

真っ白な布巾《ふきん》を放り出して、自分の方から清士の唇を奪う。もしも二人で一緒に住んだら、毎朝こうして、食器洗いが進まなくなるだろう。

「ん、んっ、…は…っ。清士のバカ。マグカップは俺の好きなのを選ぶからな」

「いいよ、それくらいは譲歩する。あとは箸と、グラスと、茶碗だな」

「どれだけお揃いにする気だよ。ほんと、恥ずかしい奴」

恥ずかしくても、お揃いの食器を買うのは嫌じゃない。ただ照れくさくて、素直になれないだけだ。

清士が留学先に帰った後、彼の使ったマグカップや箸を見て、切ない思いをするかもしれない。そんな自分が簡単に想像できるから、心配ごとは早めに解決した方がいい。

「なあ、清士。留学はいつまで？　次はいつ、こっちに帰ってくる？」

「レポートがなければ、クリスマス休暇には一度戻ってこれる。留学はいちおう、来年の夏まで」

「来年か……。まだだいぶ先だな」

「何だよ、真理。寂しいのか？」

「う？　う－ん」

「正直に言えって。兎は寂しいと死んじゃうもんな」

「それデマだから。寂しいんじゃなくて、飼い主が世話を怠ったら、兎が病気に罹《かか》ってることに気付かないことがあるっていう、教訓だから」

「じゃあ、ちゃんと真理にメシを食わせて、世話してやらなきゃ」

「俺はペットじゃない……っ」

頭突きを繰り出した真理を、清士は笑っていなした。ああ言えばこう言う清士に、口で対抗しようとするのは間違いだった。彼の胸に深く抱き込まれて、息ができない。

「留学が終わったら、俺もこっちの大学生だ。真理の大学ともそう離れてないし、今よりもっとそばにいられる」

「——うん」

「電車通学は大変だから、帰国後は俺も家を出ようと思ってたんだ。真理、もう少し広い部屋を探して、一緒に住まないか」

「え……っ、清士と、二人で？」

「ああ」

どきん、と心臓が高鳴ったのを、隠し切れない。清士も真理の鼓動に気付いて笑っている。清士と毎日一緒にいられたら、きっと楽しい。片想いをしていた頃、お互いに距離を取っていた時間をやり直せるなら、嬉しい。

「真理と住むなら、俺の親は絶対に反対しない。むしろ喜ぶ」

「本当っ？　うちの親も、清士なら多分何も言わないと思う」

「じゃあ、決まりだ。来年が楽しみだな」

「うん。ちょっと気が早いけど、物件の情報とか調べてみようか」

「そうだな、軽く不動産屋とか回ってみてもいいし。——本音を言えば、今すぐ留学を取り止めて、このまま真理と一緒にいたいんだけど」

「清士、それは駄目だよ。おじさんとおばさんがせっかく留学させてくれたんだ。ちゃんと向こうで勉強してから、こっちに帰ってこい」

「分かった。真理の言うこと聞く」

「あれ？　清士ってこんな素直で聞き分けのいい奴だったっけ？」

「今、最高に機嫌がいいから。特別だ」

そう言って微笑《ほほえ》んだ清士は、悪戯好きの子供の顔をしている。昔はいじめっ子に見えたその顔が、むしょうにいとおしくて、真理は清士を抱き返した腕に力を込めた。


一年のうちで最も綺麗《きれい》なまんまるの月が、兎月神社の遥《はる》か上空に浮かんでいる。月の影もくっきりと見えて、餅《もち》をつく御兎様の姿に、思わず合掌したくなる。

神事の時と比べて、中秋の名月の日の参道は、とても静かだった。一の鳥居をくぐり、参拝者のいない石段を上っていると、一対の狛兎の石像が見えてくる。

「清士、ちょっと待ってて」

真理は手持ちのバッグから、ペットショップで買ってきた兎のおやつを取り出した。ハツとマツが好きなクッキーだ。

「お供えか？」

「うん。うちの狛兎たちは、食いしん坊だからさ。お土産《みやげ》があると喜ぶんだ」

それぞれの石像の前にクッキーを置いて、ただいま、と心の中で呟《つぶや》く。姿は見えないし、話もできないけれど、きっとハツとマツはすぐそばで、おかえり、と真理を出迎えてくれているだろう。

ハツとマツには、兎月神社の歴史とともに、八百年も彼らが続けてきた大切な役目がある。真理の次に宇佐木家の巫覡《ふげき》になる人間を、護《まも》って支えていくことだ。『月の兎』の神事を担える巫覡の資格者は、とても少ない。十数年後に行われる、次回の神事のために、ハツとマツはもう動き始めているはずだった。

拝殿で清士と拝礼を済ませ、社務所の裏で飼っている兎たちにもクッキーをあげてから、自宅へ向かう。先に宴会を始めていた家族や親戚《しんせき》たちに混ざって、真理も御神酒《おみき》を少しだけ飲んだ。

「父さん、来年清士が留学から帰ったら、今の部屋を引っ越して一緒に住むことにしたんだけど、いいよね」

「清士くんと？　うちはかまわんが、香々見《かがみ》のご両親に了解は取ったのか？」

「うん。さっき清士んちに寄って話してきた」

「うちの親は、真理と一緒の方が安心だって言ってました」

「そう言ってもらえるとありがたいね。二人の責任で、好きなようにしなさい。部屋を決める時は家相を見に立ち会うから、そのつもりで」

「はいっ。ありがとうございます」

「ありがとう、父さん」

予想した通り、清士と住む許可をあっさりもらえて、安心した。親戚たちには、帝釈天《たいしゃくてん》と兎が同棲《どうせい》をするのかと、冷やかされた。

神事の時の厳粛さとは違う、和やかな空気。食事でお腹《なか》を満たした後は、庭に出たり、境内を散歩したりしながら、みんな思い思いの場所で観月をして過ごす。真理は月見団子とススキを供えた客間の縁側で、のんびりと夜空を見上げた。

「めちゃくちゃ綺麗。絵に描いたみたいな銀色の月だ」

「……何でだろう。神事の時の満月は、刺々《とげとげ》しい感じがしたのに、今日は月も寛いでる感じがする」

「あの時は帝釈天の役をやったから、清士の方が緊張してたんだよ。月は人の心を映す鏡って言うだろ」

「そんな諺《ことわざ》あったっけ？　真理、今適当に作ったろ」

「作ってない。悪いことをした時、他の家は『御天道様が見てる』って戒めるけど、うちの家は昔から『御月様が見てる』だ。心が乱れたら月に顔向けできないんだぞ」

「御兎様の天罰がくだるか？　じゃあ、真理を自分のものにした俺のことも、御兎様は実はすっげー怒ってんのかな」

「バ、バカっ。庭に親戚いっぱいいるのに、大きな声でそんなこと言うなっ」

縁側の向こうの庭には、毎年この日だけ夜の野点《のだて》に興じるみんなが、緋色《ひいろ》の毛氈《もうせん》を敷いてお茶を飲んでいる。茶道の心得のある真理の祖母が亭主になって、点《た》てた茶をふるまっていた。

「――真理、清士くんもここにいたの？　あなたたちもお茶をいただいたら？」

ふかし芋や葡萄《ぶどう》をお盆にのせて、母親が客間へやって来る。ススキで飾った縁側の祭壇は、お供えでいっぱいだ。

「後でもらうよ。何か手伝おうか」

「そうねえ、ここに布団を敷いておいてちょうだい。翔人《はると》ちゃんがぐずってるの。あれはおねむだわ」

「うん、分かった」

客間の押し入れを開けて、清士と布団を敷いていると、廊下から赤ちゃんの泣き声が聞こえてきた。

「すみません、お義姉《ねえ》さん。せっかくのお月見なのに、この子泣き止んでくれなくて」

真理と十歳くらいしか違わない、『叔母《おば》さん』と呼ぶには気が引ける親戚が、赤ちゃんを抱いている。小さな手足をじたばたさせてぐずっているのは、兎月神社の分社の宮司を父に持つ、真理の従兄弟《いとこ》の翔人。真理が生まれてから二十年、宇佐木家が待ち望んだ次代の巫覡だ。

「いいのよー、元気な声を聞いて、御兎様も安心してらっしゃるわ」

「美子《よしこ》叔母さん、翔人ここに寝かせてあげて」

「ありがとう真理ちゃん。ほらー、泣かない泣かない。翔人、真理おにいちゃんよー」

「ふえええええん」

「あー、真理嫌われてるみたいだぞ」

「清士が怖い顔で寄ってくるからだよ。翔人、ほーらススキだよー。泣いてるとくすぐっちゃうぞー」

泣いて真っ赤になったほっぺと、円《つぶ》らな瞳《ひとみ》がかわいい。宇佐木家の期待を一身に背負う、まだ生まれて間もないアイドルが、マシュマロみたいな手を伸ばしてきてススキの茎を掴んだ。

「おっ、力強い。ぶんぶん振ってみ？　せーの、ぶんぶんぶん」

「う？　うきゃっ、あぶっ、ぶっ」

「すごい、泣き止んだ。真理ちゃん、赤ちゃんあやすの上手ね。子供好き？」

「うん、好きだよ。年下の従兄弟は翔人が初めてだから、すごくかわいい」

「わあ、嬉しい。よかったわねえ、翔人、真理おにいちゃんにもかわいがってもらえて」

お母さんの優しい手が、翔人の柔らかい髪を撫でる。巫覡のことを抜きにしても、赤ちゃんはそこにいるだけで、家族みんなを幸せな気持ちにするのだ。

「美子さん、今の間にお風呂入っちゃったら？　今日はみんなうちで泊まりだから、後になるほど順番待ちになるわよ」

「あ…、でも、この子が」

「翔人ちゃんのお風呂は、今日はパパに任せて。あなたもたまにはのんびりしないと」

「ありがとうございます。――じゃあ、お先にいただきますね。真理ちゃん、うちのダンナを呼んでくるから、少しだけこの子のこと見ていてくれる？」

「うん。任せて」

「ごめんね。何かあったらすぐに呼んでね。翔人、いい子にしてるのよ」

すっかり泣き止んだ翔人は、ススキを握った手を、バイバイするようにお母さんへ振った。

浴室の案内をしに、真理の母親も叔母と出て行き、客間がまた静かになる。布団に寝かせられた翔人の興味は、ススキからタオルケットに移ったようで、小さな口元に持って行きたがって真理を困らせた、

「だーめだ、翔人。これは食べられないんだぞ？」

「あぶー、だー」

「かわいいな。うちの甥《おい》っ子たちも、ちょっと前はこの子と同じだったのに、今はわんぱくだ」

「ガキ大将の血だよ、間違いない。佑心《ゆうしん》にいちゃんに気を付けろって言っとかなきゃ」

「あ――、そういや、うちもお月見やってる。チビたちがお団子作るって張り切ってた」

「それ楽しそう。翔人が大きくなったら、俺も一緒にお団子作ろう。なあ、翔人」

さっきまでタオルケットで遊んでいたと思ったら、翔人はもううとうとし始めていた。いっときも同じ表情をしない赤ちゃんは、見ていると微笑ましい。眠たそうな翔人の瞳には、ハツとマツの姿は映っているだろうか。

(この子のこと、ちゃんと護ってやれよ。ハツ、マツ。お前たちは御兎様の眷属、兎月神社の狛兎なんだから)

承知しておるわ、と、どこかでハツとマツの声が聞こえた気がする。すると、すうっと翔人の瞼《まぶた》が閉じて、いくらもしないうちに寝息を立て始めた。

「眠っちゃった。ほんと、かわいい。二十歳も年下の従兄弟ができるなんて、思ってもみなかったよ」

「この子が次の兎なんだろ？　『月の兎』の神事の」

「うん。正式には、巫覡の名乗りを上げる儀式を受けてからだけど。俺は二歳くらいに受けたから、全然記憶にないんだ」

「今度はこの子が、あの火の輪をくぐるのか。年齢的に、帝釈天をやるのはうちのチビたちのどっちかになりそうだな」

「その頃は俺たち、三十歳を超えてるんだよな。うわ…、あんまり想像できない」

兎月神社と、香明寺の繋がりは、これからも永く続いていく。巫覡の代が替わる過渡期に、中秋の名月が重なるとは、御兎様も粋なことをする。真理は銀色の満月を仰ぎ見て、ふう、と満ち足りた溜息をついた。

「宴会の間、父さんも親戚たちも、みんな神事の話ばっかりしてた。翔人や美子叔母さんが、プレッシャーを感じなきゃいいけど」

「そこは経験者の真理がサポートしてやれよ」

「まあ、二回も兎をやったベテランだし？　俺にできることは何でも協力するよ」

周りが勝手に将来の話をしていることも知らず、翔人はすやすやと眠っている。翔人も以前の真理と同じように、人と少し違う家系に生まれたことを、億劫《おっくう》に思う日が来るかもしれない。その時は先輩の巫覡として、御兎様を祀《まつ》ることの意味を翔人に教えてあげよう。月を見れば心が癒《いや》される、無辜《むこ》の人々のために八百年も続いてきた、兎月神社がここに在る意味を。

「――真理」

「何？」

「動かずに、そのまま聞いて。こっちを向くなよ」

清士が急に、ひそひそ声でそう言った。真理は月を見上げたまま、黙って頷いた。

「翔人くんのそばに、兎がいる」

「……え……？」

「ノウサギが二羽、翔人くんと川の字になって寝てる。いつからいたんだろ」

はっと、真理が息を止めた一瞬に、満月の輪郭が揺らいだ。ノウサギはハッとマッの、仮の姿だ。神社の敷地を出る時や、兎好きの人間たちと触れ合いたい時、二人はその姿に変身する。真理が子供の頃は、通園バッグにこっそり隠れて、幼稚園までついて来たこともあった。

（ハッ、マッ。俺にも見えるように、ノウサギになってくれたのかな）

気まぐれで、お調子者で、悪戯好きの狛兎たち。真理が生まれる前からずっとここにいる、大切な守護者。――変だ。さっきからずっと、満月がゆらゆら揺れている。風邪もひいていないのに、瞼が熱く腫《は》れぼったくなってきて、何だか鼻も、むずむずする。

（やばい。泣きそう）

真理は我慢できなくなって、翔人の方を振り向いた。タオルケットに、赤ちゃんと二羽のノウサギが川の字になっている。間抜けた顔で寝ているノウサギの口元に、お土産のクッキーのかけらを見付けて、真理は笑った。

「お前ら、お腹いっぱいになって寝ちゃったのか。そんなんでよく、うちの神社の守護者をやってられるな」

そっとクッキーのかけらを取ってやると、ハッとマッは揃って、耳をぴくぴく動かした。

黙ってそれを見ていた清士が、いっそう声を小さくして囁く。

「なあ真理、どっちがハツで、どっちがマツだったっけ」

「清士――お前」

「こいつら、昔真理が幼稚園に連れて来たノウサギだろ。二羽ともちっちゃいまんまだ。狛兎は年を取らないって、本当なんだな」

真理は瞳を満月よりもまんまるにして、驚いた。清士はハツとマツのことを覚えていた。その上、宇佐木家しか知らない狛兎の秘密まで知っていたなんて。

「どうして？　清士、こいつらのこと覚えてるの？　何で狛兎だって、分かるの？」

「この間、禊の滝行をした時もいただろ。子供の頃から、時々こいつらが真理と遊んでるのを見かけてたからさ。真理はこいつらに、人間みたいに話しかけてたし、普通のノウサギじゃないことは知ってた」

「知って、た？」

「ああ。うちの親父《おやじ》に、昔言われたんだ。真理のそばにいるノウサギは、神様の使いだから、絶対に手を出したりいじめたりするなって。御兎様の祟《たた》りがあるってさ」

「おじさんがそんなことを……」

「うちの親父と真理の親父さんも幼馴染だからな。宇佐木家の巫覡と狛兎の話を、親父はおじさんから教えてもらってたんだ。もちろん、俺たち香明寺の人間でもこいつらはノウサギにしか見えないけど、真理の目には、違うものに見えてたんだろ？」

真理の知らない秘密を、清士が打ち明けてくれた。真理も正直になって、ずっと黙っていたことを清士に打ち明けた。

「う、うん…っ。ハツとマツは、普段は兎耳《うさみみ》をした子供の姿をしてるんだ。幼稚園の時は、みんなに信じてもらえなくて、気味悪がられて、すごく悲しかった。ミドリ先生も困ってたのに、あの時、清士だけが何も言わなかったね」

「祟られるって、親父に脅されてたからな。『お隣の真理ちゃんを泣かすな』って、何回ゲンコツ食らったか」

「おじさんのゲンコツ、全然効いてなかったよ……」

「だから、俺は真理が好きで、かまってただけだって。いじめてないよ」

「今考えれば、まあ、そうなのかなって思えるけど。でも、幼稚園のあの時のことは、ずっと頭に残ってる。ハツとマツに、清士がお弁当のキャベツをくれたの、覚えてる？」

「覚えてる。こいつらの見分け方は忘れたけど」

尻尾《しっぽ》が少しだけ大きい方がハツで、耳が少しだけ長い方がマツ。新しい巫覡を護って、川の字で眠る狛兎たちの見分け方を、真理は十数年ぶりに清士に教えた。

「――はは。全然分からない。やっぱり真理にしか、見分けがつかないよ」

清士はそっと手を伸ばして、ハツとマツの背中を撫でた。すやすや、気持ちよさそうにしている狛兎たちと翔人が、真理はかわいらしくて仕方なかった。

「ハッとマツに、俺はずっと護られてきたのに。どうしてかな、清士。今は俺の方が、翔人とこいつらのことを、護ってあげたいって思う」

「それは、真理が巫覡の役割を終えたからだ。真理の親父さんも、お前が生まれた時に、同じことを思ったんじゃないかな」

「父さんも？」

「多分、だけど。赤ちゃんの真理のそばにも、ハッとマツがいたはずだ。お月見の夜に、翔人くんみたいに真理を寝かせて、おじさんは思ったんだよ。『次の巫覡はお前だぞ』って」

「その時には、父さんの隣に、清士のおじさんがいたのかな」

「きっとそうだ。——兎月神社の隣には、帝釈天の香明寺がある。真理の隣には、ずっと俺がいるよ」

「清士」

キスがしたいと、真理は思った。でも、御月様が見ているから、清士と手と手を繋ぐだけにする。

「大好きだよ」

「俺も、真理のことが好きだ」

「二人で、ずっと、ずっと、一緒にいよう」

清士の掌が、真理の手をしっかりと包んで、離さない。恋人の温《ぬく》もりを感じながら、真理は変わらない約束を誓って、瞳を閉じた。

お月見を終えて、大学の近くのアパートまで戻ったのは、真夜中を過ぎてからだった。宴会で一滴もアルコールを飲まなかった清士は、最初から自分の家に泊まるつもりはなかったらしい。真理も清士と二人きりになりたくて、深夜のドライブに付き合った。

アパートの前で車を降りると、どの部屋の窓も明かりが消えている。静かに自分の部屋に帰ったつもりが、ドアを閉めるなり、清士が抱き締めてきて焦《あせ》った。

「真理」

「ちょっ……、清士、靴くらい脱ごうよ」

「我慢できない。真理といると、どんどん堪《こら》え性がなくなるな」

「——清士。そんなこと言うの反則……」

文句は後で聞く、とばかりに、清士が咬《か》みつくようなキスをする。車に乗っている間、信号で止まるたびに手を握られたり、髪を撫でられたりしていたから、真理も我慢はできなかった。

「ん、……んんっ」

くぐもった声ごと、互いの唇を奪って、激しく重ね合う。清士の腕に痛いほど抱き締められて、苦しくてたまらないのに、嬉しかった。

暗いままの部屋には、二人の他には誰もいない。めちゃくちゃなキスをして、本能のままに抱き合っても、お月様はドアの向こうだった。

「は…っ、んぅ——。清士、部屋に、上がろう。ここじゃ、俺…っ、うまく立ってられない」

キスをしただけで膝が震えるなんて。簡単に火を点けられた体は、もう力が抜けていて、自分では歩けそうにない。

肩を貸してくれた清士は、キッチンを素通りして、バスルームに真理を連れて行った。真理が清士のシャツを脱がせる間に、清士は真理を裸にしてしまう。

「服——破けそう」

「また俺、がっついてるよな。ごめん」

「ううん。俺も、だから」

剝《は》ぎ取るように脱がされた服が、脱衣場の床に散らばって、まるで無理矢理襲われている気分だった。恋人になってから、優しい清士しか見ていなかったから、野性的な彼にどきどきする。バスルームに押し込められて、熱いシャワーを浴びる間も、鼓動が暴れて鳴り止まなかった。

「清士、キス、もっと」

瞬く間に湯気でいっぱいになった室内に、真理のねだる声が響く。二人でシャワーに濡れながら、夢中になって唇を重ね、その奥の舌を触れ合わせた。

「う、ん……っ、んん――。はふ、……んっ、あうぅ……っ」

お湯の滴《したた》る音よりも、くちゅくちゅと耳に残るキスの音を立てて、清士の口腔《こうこう》を深く探る。同じことをしてくる彼の舌に、自分の舌を一生懸命絡めていると、興奮で意識が薄くなってきた。倒れそうな体を、温まったバスルームの壁に預けて、赤く充血した唇を離す。

はあ、はあ、と駆け足の息を、どちらともなく吐き出して、頰や耳にもキスの続きをした。シャワーの雫《しずく》を追いながら、清士の唇が首筋を下りてくる。柔らかい首元をきつく吸われると、体の芯《しん》が融《と》けた。

「……ふ…あ……っ。ああ、んっ、……ん、……んく……っ」

首筋につけたキスマークを、清士が肩や胸にも増やしていく。乳首を舌先《したさき》で転がされると、痛い感覚と熱い感覚が混ざって、真理は惑乱した。だんだん大きくなる声を、自分の手の甲を噛んで遮る。

「真理。手を下ろせよ。真理のやらしい声、もっと聞きたい」

「だ、駄目…っ。壁が薄いから、隣に、バレる」

「今度一緒に住む部屋は、防音が効いてて、オートロックのついてるマンションにしような」

「男だから、オートロックは別にいらないと思うけど……」

「神社の兎が狙《ねら》われる世の中だぞ。真理が危ない目に遭ったらいけない。安全に暮らしていくのに、必要な設備だよ」

「清士、過保護だ」

「恋人を心配して何が悪い」

どきん。清士が投げたストレートの豪速球に、心臓を撃ち抜かれる。清士の口から恋人だと言われると、体じゅうが蕩けてなくなってしまいそうだった。

「……バカ。そういうこと、さらっと言うなよ」

「照れたか？」

「うん、照れた――」

ふにゃふにゃ、骨抜きにされた真理に、清士がまたキスマークをつけ始める。まるで、俺のものだ、と言いたげだ。小さな赤い痕が増えるたび、興奮を抑えられなくなっていく自分を、真理はどうにもできなかった。

「んんぅ……っ、清士、……ああ……っ。んっ、ん」

いつの間にか、勃《た》って大きくなっていた真理の中心に、清士が掌を這《は》わせる。そこを優しく揉《も》み込むようにしながら、清士は床に跪《ひざまず》いて、太腿《ふともも》の内側や足の付け根にまでキスをしてきた。

いったいいつ、そんないやらしいことを覚えたんだろう。翻弄《ほんろう》されてばかりで、心の中は悔しがっているのに、体はもう言うことを聞いてくれない。清士にもっと触れてほしがって、勝手に腰が浮いていく。

「あ……っ、あぁ、んっ、……こんなの、恥ずかしい……、俺――俺」

「真理のここ、すごいことになってる。こんなの見たら、おかしくなりそう」

膝を摑んでいる清士の手が、急に熱くなった気がした。ぐっ、と力任せに押さえ込まれて、動けない。

「清、士？」

彼の吐息が、下腹を掠《かす》めたかと思うと、あり得ないところにキスをされた。臍《へそ》に向かって勃っていた、ずきずきと痛いほど育ったそこに、清士の唇が触れている。

「や――あ…っ！　何して……っ、あっ、あぅ…っ。んんっ、…いや、いや……っ」

敏感なところを甘嚙みされると、もう声を我慢できない。

ちゅくっ、ちゅっ、恥ずかしくてたまらない音が、バスルームの天井に跳ね返って、湯気とともに溶けていった。飲み込まれた清士の口の奥の方で、自分が暴れているのが分かる。

「あぁあ……っ、あ――！」

限界まで膨らんだものを、上顎《うわあご》と舌の間で扱《しご》かれると、いくらももたなかった。訳も分からないまま、快感だけが先走って、しゃくるように腰が跳ねた。

「清士、ごめん……っ！」

激しい鼓動の向こうで、清士に謝っている自分の声が聞こえる。びくっ、びくっ、と痙攣《けいれん》しながら、止める間もなかった欲情を解き放った。

「ああ……っ、やあぁっ……！」

清士の口中に、熱いものを迸《ほとばし》らせて、真理は床に崩れ落ちた。

気持ちよさと引き換えに、なんてことをしてしまったんだろう。初めて知った快感は一瞬で過ぎ去って、激しい羞恥《しゅうち》と自己嫌悪が襲ってくる。

「ごめ、ん。本当に……っ、ごめん――。すぐ、吐き出して。口漱《すす》いで……っ」

慌ててそう言いながら、シャワーのヘッドを清士の手に押し付ける。ばつが悪くてどうしようもなくて、真理は膝に赤い顔を突っ伏した。

「真理、どうした？　大丈夫か」

「……俺、清士にひどいことした……っ」

「全然。さっきの真理、めちゃくちゃかわいかった。次からは慣れろよ」

「次――？」

よしよし、と宥《なだ》めるように髪を撫でられて、真理の顔はいっそう赤くなった。こんなことを次もされたら、恥ずかしくて立ち直れない。

「も…っ、もうしない。口でするの禁止っ」

「でも気持ちよかっただろ？」

「……ううっ、よかった、けど、駄目。頭の中がぐちゃぐちゃになるから嫌だ」

「いいな、それ。真理のこともっとぐちゃぐちゃにしたい」

「バカ――。いじめっ子。バカ清士」

「かわいいことばっかり言ってると、本気でいじめるぞ」

「え……っ」

「嘘。ほら、立てよ、真理」

清士の逞しい腕が、真理を抱きかかえて立ち上がらせる。汗をシャワーで流す間も、真理の耳の裏まで広がった赤色は消えなかった。

「ん……っ、ああ、……清士……」

達した余韻が残る真理のそこに、清士がシャワーをあててきたから、鼓動が落ち着く暇がない。お湯の勢いに逆らうように、また勃ちかけている自分が、恥ずかしくて仕方なかった。

「じ、自分で、洗う。シャワー返して」

「嫌だ。俺の好きにさせろ」

「意地悪するなよ……っ」

シャワーから逃れようと、真理は壁の方を向いた。でも、それくらいでは清士は諦《あきら》めてくれない。風呂上がりに使うボディクリームを手に取り、真理の背中や、お尻《しり》に塗り始めた。

「…あ…っ、ん、ん――」

感じやすくなっている体は、指や掌《てのひら》で触れられただけで、過敏に反応してしまう。清士はシャワーを止めると、ぶるぶるっ、と震えた真理の耳朶《みみたぶ》を嚙んだ。

「ひ、う……っ、んく――」

「真理。壁に手をついて、馬跳びみたいな格好して」

「……や……、あぅ……っ……、あっ、あっ」

「俺にここをよく見せて。俺しか知らない、真理が感じるとこ」

「清士、だめ……っ、待って、ああっ、んんう……っ！」

たっぷりとクリームを纏《まと》った指先が、お尻の狭間《はざま》に潜り込んでくる。必死に声を抑えようとしても、窄《すぼ》まりに埋められた指の動きに、全《すべ》てを阻まれた。

クリームの助けを借りて、熱い粘膜が搔《か》き回されている。真理の体の奥の方を、清士は指で何度も暴いて、言いなりにした。

「はっ、はぁっ、んあぁ……っ、清士、清士……っ」

気持ちいい。清士にいやらしくされた粘膜が、ぐちゅぐちゅ濡れた音を奏でている。自分の内側が溶けて崩れていくのが分かる。

「真理、このまま――立ったまましたい。真理と早く繋がりたい」

清士の我《わ》が儘《まま》は、真理の我が儘でもあった。ここがバスルームだということを忘れて、少

しも待てない欲情をぶつけ合う。

壁に手をつき、お尻を後ろへ突き出した格好で、真理は息を乱した。クリームを塗り付けた清士の指が、荒っぽく引き抜かれる。粘膜を引っ掻かれた感覚さえ気持ちよくて、真理は膝をがくがくと震わせた。

「清士、……清士」

「真理――」

柔らかく解けた窄まりを、清士の硬い切っ先が貫いていく。真理の閉じた瞼の裏側で、ちかちかと星が散った。

「……あ……、ああ……っ、くっ、……あぁん……っ」

熱い塊《かたまり》が、粘膜を圧迫しながら、奥へ奥へと進んでくる。本能的に逃げようとする腰を、清士の両手が摑んだ。

立ったまま、後ろから清士と一つになるなんて、今まで考えたこともなかった。でも、真理の体の内側はとろとろ蕩《とろ》けて、清士の大きなそれを悦《よろこ》んだ。

「あっ、んっ、んぅっ、ん。声が、止まら、ない。清士、ああ……っ！」

「真理。こっち向いて」

「……清士……っ、んむ…っ、んんっ、ふ、んくっ」

自分では閉じられなくなった真理の唇を、清士がキスで塞ぐ。顔だけを後ろへ捩《ね》じ向け、真理は発情し切って清士を求めた。

「ふぅ……っ、ん――！　んっ、んっ！」

真理の一番奥をいっぱいにして、清士は腰を動かした。大きなもので粘膜を擦り上げながら、深く浅く、リズムを変えて突いてくる。弄《もてあそ》ばれているようないけない気持ちが、いっそう興奮を煽《あお》って、真理を夢中にさせた。

「――んぅぅ……っ！　んぁ…あ……っ、せい、じ、清士――」

「隣に聞こえるよ、真理」

清士の右手が、前へと回ってきて、赤く張り詰めていた真理のそこを包んだ。慎ましい先端から溢《あふ》れていた、涙のように透明な雫を、指と掌で器用に塗り拡《ひろ》げる。滑りのよくなったそこを、上下に何度も扱かれて、真理はたちまち追い詰められた。

「も、いい、引っ越す、から、もういい」

「まだ一年も先なのに。オートロックより防音の部屋優先だな」

「意地悪、言うな。清士、……もういく……っ、いい、あああっ、いく……っ！」

「真理。あんまり締めつけたら、痛いよ。緩めて」

「無理だよ――、んんっ、あっ、あっ！　清士……っ、いかせて、もう、だめ」

「かわいくてやらしい。真理大好きだ」

「好き、俺も、清士が好き。……ああ……っ、いく――！　……清士……っ！」

真理の中で、清士が沸騰したように熱くなった。めちゃくちゃな律動とともに、壊れそうなほど揺さぶられながら、二度目の頂上へ駆け上がる。真理は頭を真っ白にして、快感に身を委《ゆだ》ねた。

「あ……っ、あ、ん、んっ、……あぁ……、はぁ……っ……」

バスルームの床に、真理の放った白い飛沫《しぶき》が散っていく。どくっ、どくん、と脈動を繰り返して、清士もその後を追った。体の奥へと注がれる熱に、隅々まで満たされた真理は、幸せな気持ちで視界を霞ませていた。

疲れ切った体を洗い直して、バスルームを出ると、むっとするような熱帯夜の空気に包まれる。クーラーをつけていなかったことを後悔しながら、真理はバスタオルを巻いただけの格好で、ベッドへ倒れ込んだ。

「もう一歩も動けない。のぼせた――」

「真理、そのまま寝るなよ。風邪ひくぞ」

「うん……。体……、拭かないと……」

瞼が閉じかけている真理のことを、清士は仕方なさそうに笑って、エアコンのスイッチを入れた。冷蔵庫から清士が持って来てくれた水のペットボトルは、火照《ほて》った肌を冷やすのにちょうどいい。

清士と恋人になって知ったのは、彼がとても面倒見のいい男だということだ。甘えたら甘えただけ清士は喜ぶから、真理は濡れた髪をタオルに埋めて、拭いて、と寝返りを打った。

「せめて起きろよ。ったく、かわいいんだから」

わしゃわしゃ、優しい手がタオルごと真理の髪を包む。清士の髪も拭いてあげたいけれど、力の入らない真理の手では無理だった。

「清士と一緒に暮らし始めたら、毎日こうしてもらえるんだ？」

「――いいよ。真理だけ、特別」

「やった。早く来年にならないかな。待ち遠しいなあ……」

タオルの隙間《すきま》から、寝室の窓の向こうに浮かぶ満月が見える。餅をつく御兎様に、真理は胸の中で祝詞《のりと》を上げた。来年の今頃も、中秋の名月が夜を照らし、二人を遠くから護ってくれますように。それが真理の、巫覡としての最後の祈りだった。

了

あとがき

こんにちは。または初めまして。御堂なな子です。このたびは『お月さまの言うとおり』をお手に取っていただきまして、ありがとうございます。

時々、むしょうにかわいいものを書きたくなる瞬間があります。そんな時は勝手に名付けている「日常系不思議ストーリー」の出番です。このストーリーの条件は二つ、主人公たちがピュアであること、そして、現実には多分あり得ない話であること。多分、とつけたのは、狛兎はどこかの神社に実際にいるかもしれないからです。兎を神様として祀っている神社も存在しますし、姿が見えないだけで、案外私たちのそばで、ハツとマツは兎クッキーやリンゴ飴を食べているかもしれません。

今作は、とあるお祭りに参加していた際に、ものすごい数の見物客を眺めて、この人たちの頭に全員兎耳がついていたらおもしろいな…、と想像したことから生まれました。たいがい、私の中で物語が生まれるのは、この手の妙な想像からが多いです。主人公の真理と清士の頭に兎耳をつけることができて満足しています。○○な二人の初めての□□のシーンは、とても楽しんで書きました（伏字部分はぜひ本編でお確かめください）。

今作のイラストを担当してくださった街子マドカ先生、このたびはお忙しい中、大変ありがとうございました！　先生のイラストのおかげで、今作が何倍もいとおしいものになりました。かわいい真理とかっこいい清士、生き生きとしたハツとマツ、そして兎たちを描いてくださって本当にありがとうございます。ずっと手元で眺めていたいです。

担当様、このたびはいつにも増して、ご迷惑をおかけしてしまいすみませんでした。タイトな進行になってしまったのは私の責任です。深く反省して、次からの執筆に生かしたいと思います。

私と同じ、かわいいものが好きなYちゃん。今回は兎をいっぱい堪能してください。それから、家族。背中に乗って昼寝をするくらい、飼っていた兎に懐かれていた父はすごいと思います。思えば私は、餌をあげても食べてくれないことが多々ありました…。そして、いつも陰で支えてくださっている皆さん、今回のお話も、お楽しみいただけていたら何よりです。

最後になりましたが、読者の皆様、あとがきまで読んでくださってありがとうございました。今作のような、本格ファンタジーとは言えない、でもちょっと不思議なストーリーを、またいつか書いてみたいと思っています。よろしければご感想をお聞かせください。楽しみにお待ちしております。

それでは、皆様とまた次の機会にお目にかかれますように。御兎様と御月様にお祈りしております。

御堂なな子

✦初出　お月さまの言うとおり……………書き下ろし
月下の未来…………………………書き下ろし

御堂なな子先生、街子マドカ先生へのお便り、本作品に関するご意見、ご感想などは
〒151-0051 東京都渋谷区千駄ヶ谷 4-9-7
幻冬舎コミックス　ルチル文庫「お月さまの言うとおり」係まで。

幻冬舎ルチル文庫

お月さまの言うとおり

2016年7月20日　　第1刷発行

✦著者　御堂なな子　みどう ななこ

✦発行人　石原正康

✦発行元　株式会社 幻冬舎コミックス
〒151-0051 東京都渋谷区千駄ヶ谷 4-9-7
電話 03(5411)6431 [編集]

✦発売元　株式会社 幻冬舎
〒151-0051 東京都渋谷区千駄ヶ谷 4-9-7
電話 03(5411)6222 [営業]
振替 00120-8-767643

✦印刷・製本所　中央精版印刷株式会社

✦検印廃止

ISBN978-4-344-83767-6　C0193　Printed in Japan

「幻冬舎ルチル文庫」

大好評発売中

発行●幻冬舎コミックス　発売●幻冬舎